バイ

太宰 治

ハルキ文庫

角川春樹事務所

目次

父《ちち》

イサク、父《ちち》アブラハムに語《かた》りて、
父《ちち》よ、と曰《い》ふ。
彼《かれ》、答《こた》へて、
子《こ》よ、われ此《ここ》にあり、
といひければ、

――創世記《そうせいき》*1二十二ノ七

義《ぎ》のために、わが子を犠牲《ぎせい》にするということは、人類がはじまって、すぐその直後に起こった。信仰《しんこう》の祖《そ》といわれているアブラハムが、その信仰の義のために、わが子を殺そうとしたことは、旧約の創世記に録《ろく》されていて有名である。

ヱホバ、アブラハムを試《こころ》みんとて、
アブラハムよ、
と呼びたまふ。
アブラハム答へていふ、
われここにあり。

ヱホバ言ひたまひけるは、
汝《なんじ》の愛する独子《ひとりご》、すなはちイサクを携《たずさ》へ行き、かしこの山の頂《いただ》きに於《おい》て、イサクを燔《はん》祭《さい》*2として献《ささ》ぐべし。

アブラハム、朝つとに*3起きて、その驢《ろ》馬《ば》に鞍《くら》を置き、愛するひとりごイサクを乗せ、神のおのれに示したまへる山の麓《ふもと》にいたり、イサクを驢馬よりおろし、すなはち燔祭《はんさい》の柴薪《たきぎ》をイサクに背負はせ、われはその手に火と刀を執《と》りて、二人ともに山をのぼれり。

イサク、父アブラハムに語りて、
父よ、
と言ふ。
彼、こたへて、
子よ、われここにあり、
といひければ、
イサクすなはち父に言ふ、
火と柴薪《たきぎ》は有《あ》り、されど、いけにへの小羊《こひつじ》は何処《いずこ》にあるや。
アブラハム、言ひけるは、
子よ、神みづから、いけにへの小羊を備《そな》へたまはん。

斯《か》くして二人ともに進みゆきて、遂《つい》に山のいただきに到《いた》れり。

アブラハム、壇《だん》を築《きず》き、柴薪《たきぎ》をならべ、その子イサクを縛《しば》りて、之《これ》を壇の柴薪の上に置《の》せたり。

すなはち、アブラハム、手を伸べ、刀を執《と》りて、その子を殺さんとす。

時に、ヱホバの使者、天より彼を呼びて、

アブラハムよ、

アブラハムよ、

と言へり。

彼言ふ、

われ、ここにあり。

使者の言ひけるは、

汝《なんじ》の手を童子《わらべ》より放て、

何をも彼に為《な》すべからず、

汝はそのひとりごをも、わがために惜《おし》まざれば、われいま汝が神を畏《おそ》るるを知る。

云々《うんぬん》というようなことで、イサクはどうやら父に殺されずにすんだのであるが、しかし、アブラハムは、信仰の義者《ただしきもの》たることを示さんとして躊躇《ちゅうちょ》せず、愛する一人息子を殺そうとしたのである。

洋の東西を問わず、また信仰の対象の何たるかを問わず、義《ぎ》の世界は、哀《かな》しいものである。

佐倉宗吾郎《さくらそうごろう》一代記*4という活動写真*5を見たのは、私の七つか八つのころのことであったが、私はその活動写真のうちの、宗吾郎の幽霊《ゆうれい》が悪代官《あくだいかん》をくるしめる場面と、それからもう一つ、雪の日の子わかれの場を、いまでも忘れずにいる。

宗吾郎が、いよいよ直訴《じきそ》を決意して、雪の日に旅立つ。わが家の格子窓《こうしまど》から、子供らが顔を出して、別れを惜《お》しむ。ととさまえのう、と口々に泣いて父を呼ぶ。宗吾郎は、笠《かさ》で自分の顔を覆《おお》うて、渡《わた》し舟《ぶね》に乗る。降りしきる雪は、吹雪《ふぶき》のようである。

七つ八つの私は、それを見て涙を流したのであるが、しかし、それは泣き叫《さけ》ぶ子供に同情したからではなかった。義のために子供を捨《す》てる宗吾郎のつらさを思って、たまらなくなったからであった。

そうして、それ以来、私には、宗吾郎が忘れられなくなったのである。自分がこれから生き伸びて行くうちに、必ずあの宗吾郎の子別れの場のような、つらくてかなわない思いをすることが、二度か三度あるに違いないという予感がした。

私のこれまでの四十年ちかい生涯《しょうがい》において、幸福の予感は、たいていはずれるのが仕来《しきた》りになっているけれども、不吉《ふきつ》の予感はことごとく当たった。子わかれの場も、二度か三度、どころではなく、この数年間に、ほとんど一日おきくらいに、実にひんぱんに演《えん》ぜられて来ているのである。

　私さえいなかったら、すくなくとも私の周囲の者たちが、平安に、落ちつくようになるのではあるまいか。私はことし既《すで》に三十九歳になるのであるが、私のこれまでの文筆《ぶんぴつ》に依《よ》って得た収入の全部は、私ひとりの遊びのために浪費《ろうひ》して来たと言っても、敢《あ》えて過言《かごん》ではないのである。しかも、その遊びというのは、自分にとって、地獄《じごく》の痛苦《つうく》のヤケ酒《ざけ》と、いやなおそろしい鬼女《きじょ》とのつかみ合いの形に似たる浮気《うわき》であって、私自身、何のたのしいところも無いのである。また、そのような私の遊びの相手になって、私の饗応《きょうおう》*6を受ける知人たちも、ただはらはらするばかりで、少しも楽しくない様子である。結局、私は私の全収入を浪費して、ひとりの人間をも楽しませることが出来ず、しかも女房《にょうぼう》が七輪《しちりん》*7一つ買っても、これはいくらだ、ぜいたくだ、とこごとを言う自分勝手の亭主《ていしゅ》なのである。よろしくないのは、百も承知である。しかし私は、その癖《くせ》を直すことが出来なかった。戦争前もそうであった。戦争中もそうであった。戦争の後も、そうである。私は生まれた時から今まで、実にやっかいな大病《たいびょう》にかかっているのかもしれない。生まれてすぐにサナトリアム*8みたいなところに入院して、そうして今日《きょう》まで充分《じゅうぶん》の療養《りょうよう》の生活をして来たとしても、その費用《ひよう》は、私のこれまでの酒煙草《たばこ》の費用の十分の一くらいのものかもしれない。実に、べらぼうにお金のかかる大病人《だいびょうにん》である。一族から、このような大病人がひとり出たばかりに、私の身内の者たちは、皆瘦《みなや》せて、一様《いちよう》に少しずつ寿命《じゅみょう》をちぢめたようだ。死にやいいんだ。つまらんものを書いて、佳作《かさく》だの何だのと、軽薄《けいはく》におだてられたいばかりに、身内の者の寿命をちぢめるとは、憎《にく》みても余《あま》りある極悪人《ごくあくにん》ではないか。死ね！

　親が無くても子は育つ、という。私の場合、親が有《あ》るから子は育たぬのだ。親が、子供の貯金をさえ使い果たしている始末《しまつ》なのだ。

　炉辺《ろへん》*9の幸福。どうして私には、それが出来ないのだろう。とても、いたたまらない気がするのである。炉辺が、こわくてならぬのである。

　午後三時か四時ごろ、私は仕事に一区切《ひとくぎ》りをつけて立ち上がる。机の引き出しから財布《さいふ》を取り出し、内容をちらと調べて懐《ふところ》にいれ、黙《だま》って二重廻《にじゅうまわ》し*10を羽織《はお》って、外に出る。外では、子供たちが遊んでいる。その子供たちの中に、私の子もいる。私の子は遊びをやめて、私のほうに真正面向いて、私の顔を仰《あお》ぎ見る。私も、子の顔を見下ろす。共に無言《むごん》である。たまに私は、袂《たもと》からハンケチを出して、きゅっと子の洟《はな》を拭《ふ》いてやることもある。そうして、さっさと私は歩く。子供のおやつ、子供のおもちゃ、子供の着物、子供の靴《くつ》、いろいろ買わなければならぬお金を、一夜《いちや》のうちに紙屑《かみくず》のごとく浪費《ろうひ》すべき場所に向かって、さっさと歩く。これがすなわち、私の子わかれの場なのである。出掛けたらさいご、二日も三日も帰らないことがある。父はどこかで、義《ぎ》のために遊んでいる。地獄《じごく》の思いで遊んでいる。いのちを賭《か》けて遊んでいる。母は観念《かんねん》して、下の子を背負い、上の子の手を引き、古本屋に本を売りに出掛ける。父は母にお金を置いて行かないから。

そうして、ことしの四月には、また子供が生まれるという。それでなくても乏《とぼ》しかった衣類の、大半を、戦火《せんか》で焼いてしまったので、こんど生まれる子供の産衣《うぶぎ》やら蒲団《ふとん》やら、おしめやら、まったくやりくりの方法がつかず、母は呆然《ぼうぜん》として溜息《ためいき》ばかりついている様子であるが、父はそれに気付かぬふりしてそそくさと外出する。

ついさっき私は、「義《ぎ》のために」遊ぶ、と書いた。義？　たわけたことを言ってはいけない。お前は、生きている資格も無い放埒《ほうらつびょう》病の重患者《じゅうかんじゃ》に過ぎないではないか。それをまあ、義、だなんて。ぬすびとたけだけしいとは、このことだ。

それは、たしかに、盗人《ぬすびと》の三分《さんぶ》の理《り》にも似《に》ているが、しかし、私の胸の奥の白絹《しらぎぬ》に、何やらこまかい文字が一ぱいに書かれている。その文字は、何であるか、私にもはっきり読めない。たとえば、十四の蟻《あり》が、墨汁《ぼくじゅう》の海から這《は》い上って、そうして白絹の上をかさかさと小さい音をたてて歩き廻《まわ》り、何やらこまかく、ほそく、墨《すみ》の足跡《あしあと》をえがき印《しる》し散《ち》らしたみたいな、そんな工合《ぐあ》いの、幽《かす》かな、くすぐったい文字。その文字が、全部判読《はんどく》できたならば、私の立場の「義」の意味も、明白に皆《みな》に説明できるような気がするのだけれども、それがなかなか、ややこしく、むずかしいのである。

こんな譬喩《ひゆ》を用《もち》いて、私はごまかそうとしているのでは決してない。その文字を具体的に説明して聞かせるのは、むずかしいのみならず、危険なのだ。まかり間違うと、鼻持ちならぬキザな虚栄《きょえい》の詠歎《えいたん》に似《に》るおそれもあり、または、呆《あき》れるばかりに図々《ずうずう》しい面《つら》の皮千枚張りの詭弁《きべん》、または、淫祠邪教《いんしじゃきょう》*11のお筆先《ふでさき》、または、ほら吹き山師《やまし》の救国政治談にさえ堕《だ》する危険無しとしない。

それらの不潔《ふけつ》な虱《しらみ》と、私の胸の奥の白絹《しらぎぬ》に書かれてある蟻《あり》の足跡《あしあと》のような文字とは、本質においてまったく異《こと》なるものであるということには、私も確信を持っているつもりであるが、しかし、その説明は出来ない。また、げんざい、しようとも思わぬ。キザな言い方であるが、花ひらく時節《じせつ》が来なければ、それは、はっきり解明できないもののようにも思われる。

ことしの正月、十日ごろ、寒い風の吹いていた日に、

「きょうだけは、家にいて下さらない？」

と家の者が私に言った。

「なぜだ。」

「お米の配給《はいきゅう》があるかもしれませんから。」

「僕《ぼく》が取りに行くのか？」

「いいえ。」

家の者が二、三日前から風邪《かぜ》をひいて、ひどいせきをしているのを、私は知っていた。その半病人に、配給のお米を背負わせるのは、むごいとも思ったが、しかし、私自身であの配給の列の中にはいるのも、すこぶるたいぎなのである。

「大丈夫か？」

と私は言った。

「私がまいりますけど、子供を連れて行くのは、たいへんですから、あなたが家にいらして、子供たちを見ていて下さい。お米だけでも、なかなか重いんです。」

家の者の眼《め》には、涙が光っていた。

おなかにも子供がいるし、背中にひとりおんぶして、もうひとりの子の手をひいて、そうして自身もかぜ気味《ぎみ》で、一斗《と》*12ちかいお米を運ぶ苦難《くなん》は、その涙を見るまでもなく、私にもわかっている。

「いるさ。いるよ。家にいるよ。」

それから、三十分くらい経《た》って、

「ごめん下さい。」

と玄関で女のひとの声がして、私が出て見ると、それは三鷹《みたか》のあるおでんやの女中であった。

「前田さんが、お見えになっていますけど。」

「あ、そう。」

部屋《へや》の出口の壁《かべ》に吊《つ》り下げられている二重廻《にじゆうまわ》しに、私はもう手をかけていた。

とっさに、うまい嘘《うそ》も思いつかず、私は隣室《りんしつ》の家の者には一言《ひとこと》も、何も言わず、二重廻しを羽織《はお》って、それから机の引き出しを搔《か》きまわし、お金はあまり無かったので、けさ雑誌社から送られて来たばかりの小為替《こがわせ》*13を三枚、その封筒のまま二重廻しのポケットにねじ込み、外に出た。

外には、上の女の子が立っていた。子供のほうで、間《ま》の悪そうな顔をしていた。

「前田さんが？　ひとりで？」

私はわざと子供を無視して、おでんやの女中にたずねた。

「ええ。ちょっとでいいから、おめにかかりたいって。」

「そう。」

私たちは子供を残して、いそぎ足で歩いた。

前田さんとは、四十を越えた女性であった。永《なが》いこと、有楽町《ゆうらくちょう》の新聞社に勤《つと》めていたという。しかし、いまは何をしているのか、私にもわからない。そのひとは、二週間ほど前、年の暮《くれ》に、そのおでんやに食事をしに来て、その時、私は、年少の友人ふたりを相手に泥酔《でいすい》していて、ふとその女のひとに話しかけ、私たちの席に参加してもらって、私はそのひとと握手《あくしゅ》をした、それだけの付き合いしか無かったのであるが、

「遊ぼう。これから、遊ぼう。大いに、遊ぼう。」

と私がそのひとに言った時に、

「あまり遊べない人に限って、そんなに意気込《いきご》むものですよ。ふだんケチケチ働いてばかりいるんでしょう?」

とそのひとが普通の音声で、落ちついて言った。

私は、どきりとして、

「よし、そんならこんど逢《あ》った時、僕《ぼく》の徹底《てってい》的な遊びぶりを見せてあげる。」

と言ったが、内心は、いやなおばさんだと思った。私の口から言うのもおかしいだろうが、こんなひとこそ、ほんものの不健康というものではなかろうかと思った。私は苦悶《くもん》の無い遊びを憎悪《ぞうお》する。よく学び、よく遊ぶ、その遊びを肯定《こうてい》することが出来ても、ただ遊ぶひと、それほど私をいらいらさせる人種はいない。

ばかな奴《やつ》だと思った。しかし、私も、ばかであった。負けたくなかった。偉《えら》そうなことを言ったって、こいつは、どうせ俗物《ぞくぶつ》に違いないんだ。この次には、うんと引っぱり歩いて、こづきまわして、面皮《めんぴ》をひんむいてやろうと思った。

いつでもお相手をするから、気のむいたときに、このおでんやに来て、そうして女中を使って僕を呼び出しなさい、と言って、握手《あくしゅ》をしてわかれたのを、私は泥酔《でいすい》していても、忘れてはいなかった。

と書けば、いかにも私ひとり高潔《こうけつ》の、いい子のようになってしまうが、しかし、やっぱり、泥酔の果《はて》の下等な薄汚《うすぎたな》いお色気《いろけ》だけのせいであったのかもしれない。謂《い》わば、同臭相《どうしゅうあい》寄《よ》るという醜怪《しゅうかい》な図に過ぎなかったのかもしれない。

私は、その不健康な、悪魔《あくま》の許《もと》にいそいで出掛けた。

「おめでとう。新年おめでとう。」

私はそんなことを前田さんに、てれ隠《かく》しに言った。

前田さんは、前は洋装《ようそう》であったが、こんどは和服であった。おでんやの土間《どま》の椅子《いす》に腰かけて、煙草《たばこ》を吸っていた。痩《や》せて、背の高いひとであった。顔は細長くて蒼白《あおじろ》く、おしろいも口紅《くちべに》もつけていないようで、薄い唇《くちびる》は白く乾《かわ》いている感じであった。かなり度の強い近眼鏡《きんがんきょう》をかけ、そうして眉間《みけん》には深い縦皺《たてじわ》がきざまれていた。要するに、私の最も好かない種属《しゅぞく》の容色《ようしょく》であった。先夜《せんや》の酔眼《すいがん》には、も少しましなひとに見えたのだが、いま、しらふでまともに見て、さすがにうんざりしたのである。

私はただやたらにコップ酒《ざけ》をあおり、そうして、おもに、おでんやのおかみや女中を相手におしゃべりした。前田さんは、ほとんど何も口をきかず、お酒もあまり飲まなかった。

「きょうは、ばかに神妙《しんみょう》じゃありませんか。」

と私は実に面白《おもしろ》くない気持ちで、そう言ってみた。

しかし、前田さんは、顔を伏《ふ》せたまま、ふんと笑っただけだった。

「思い切り遊ぶという約束でしたね。」と私はさらに言った。「少し飲みなさいよ。こないだの晩は、かなり飲みましたね。」

「昼は、だめなんですの。」

「昼だって、夜だって同じことですよ。あなたは、遊びのチャンピオンなんでしょう?」

「お酒は、プレイのうちにはいりませんわ。」

と小生意気《こなまいき》なことを言った。

私はいよいよ興覚《きょうざ》めて、

「それじゃ何がいいんですか?　接吻《せっぷん》ですか?」

色婆《いろばば》め!　こっちは、子わかれの場まで演《えん》じて、遊びの付き合いをしてやっているんだ。

「わたくし、帰りますわ。」女はテーブルの上のハンドバッグを引き寄せ、「失礼しました。そんなつもりで、お呼びしたのでは、……」と言いかけて、泣《な》き面《つら》になった。

それは、実にまずい顔つきであった。あまりにまずくて、あわれであった。

「あ、ごめんなさい。一緒《いっしょ》に出ましょう。」

女は幽《かす》かに首肯《うなず》き、立って、それから、はなをかんだ。

一緒に外へ出て、

「僕は野蛮人《やばんじん》でね、プレイも何も知らんのですよ。お酒がだめなら、困《こま》ったな。」

なぜこのまますぐに、おわかれが出来ないのだろう。

女は、外へ出ると急に元気になって、

「恥《はじ》をかきましたわ。あそこのおでんやは、わたくし、せんから知っているんですけど、きょう、あなたをお呼びしてって、おかみさんにたのんだら、とてもいやな、へんな顔をするんですもの。わたくしなんかもう、女でも何でも無いのに、いやあねえ。あなたは、どうなの？　男ですか？」

いよいよキザなことを言う。しかし、それでも私は、まださよならが言えなかった。

「遊びましょう。何かプレイの名案《めいあん》が無いですか？」

と、気持ちとまるで反対のことを、足もとの石ころを蹴《け》って言った。

「わたくしのアパートにいらっしゃいません？　きょうは、はじめから、そのつもりでいたのよ。アパートには、面白《おもしろ》いお友達がたくさんいますわ。」

私は憂鬱《ゆううつ》であった。気がすすまないのだ。

「アパートに行けば、すばらしいプレイがあるのですか？」

くすと笑って、

「何もありやしませんわ。作家って、案外《あんがい》、現実家なのねえ。」

「そりゃ、……」

と私は、言いかけて口を噤《つぐ》んだ。

いた！　いたのだ。半病人の家の者が、白いガーゼのマスクを掛けて、下の男の子を背負い、寒風《かんぷう》に吹きさらされて、お米の配給《はいきゅう》の列の中に立っていたのだ。家の者は、私に気づかぬふりをしていたが、その傍《そば》に立っている上の女の子は、私を見つけた。女の子は、母の真似《まね》をして、小さい白いガーゼのマスクをして、そうして白昼《はくちゅう》、酔《よ》ってへんなおばさんと歩いている父のほうへ走って来そうな気配《けはい》を示し、父は息の根のとまる思いをしたが、母は何げなさそうに、女の子の顔を母のねんねこ*14の袖《そで》で覆《おお》いかくした。

「お嬢《じょう》さんじゃありません？」

「冗談《じょうだん》じゃない。」

笑おうとしたが、口がゆがんだだけだった。

「でも、感じがどこやら、……」

「からかっちゃいけない。」

私たちは、配給所《はいきゅうじょ》の前を通り過ぎた。

「アパートは？　遠いんですか？」

「いいえ、すぐそこよ。いらして下さる？　お友達がよろこぶわ。」

家の者にお金を置いて来なかったが、大丈夫なのかしら。私は脂汗《あぶらあせ》を流していた。

「行きましょう。どこか途中《とちゅう》に、ウイスキイでも、ゆずってくれる店が無いかな？」

「お酒なら、わたくし、用意してありますわ。」

「どれくらい？」

「現実家ねえ。」

アパートの、前田さんの部屋には、三十歳をとうに越えて、やはりどうにも、まともでない感じの女が二人、あそびに来ていた。そうして色気《いろけ》も何もなく、いや、色気におびえて発狂気味《ぎみ》、とでも言おうか、男よりも乱暴《らんぼう》なくらいの態度で私に向かって話しかけ、また女同士で、哲学だか文学だか美学《びがく》だか、なんのことやら、まるでちっともなっていない、阿呆《あほ》くさい限りの議論をたたかわすのである。地獄《じごく》だ、地獄だ、と思いながら、私はいい加減《かげん》のうけ応《こた》えをして酒を飲み、牛鍋《ぎゅうなべ》*15をつつき散らし、お雑煮《ぞうに》を食べ、こたつにもぐり込んで、寝て、帰ろうとはしないのである。

義《ぎ》。

義とは？

その解明は出来ないけれども、しかし、アブラハムは、ひとりごを殺さんとし、宗吾郎は子わかれの場を演《えん》じ、私は意地《いじ》になって地獄にはまり込まなければならぬ、その義とは、義とは、ああやりきれない男性の、哀《かな》しい弱点に似《に》ている。

（一九四七年四月）

おさん

一

たましいの、抜けたひとのように、足音も無く玄関から出て行きます。私はお勝手《かって》で夕食の後仕末《あとしまつ》をしながら、すっとその気配《けはい》を背中に感じ、お皿を取り落とすほど淋《さび》しく、思わず溜息《ためいき》をついて、すこし伸びあがってお勝手の格子《こうし》窓《まど》から外を見ますと、かぼちゃの蔓《つる》のうねりくねってからみついている生垣《いけがき》に沿った小《こ》路《みち》を夫が、洗いざらしの白浴衣《しろゆかた》に細い兵古《へこ》帯《おび》*1をぐるぐる巻きにして、夏の夕闇《ゆうやみ》に浮いてふわふわ、ほとんど幽霊《ゆうれい》のような、とてもこの世に生きているものではないような、情無《なさけな》い悲しいうしろ姿を見せて歩いて行きます。

「お父さまは?」

庭《にわ》で遊んでいた七つの長女が、お勝手口のバケツで足を洗いながら、無《む》心《しん》に私にたずねます。この子は、母よりも父のほうをよけいに慕《した》っていて、毎晩六畳《ろくじょう》に父と蒲団《ふとん》を並《なら》べ、一《ひと》つ蚊帳《かや》に寝ているのです。

「お寺へ。」

口から出まかせに、いい加減《かげん》の返事をして、そうして、言ってしまってから、何だかとんでもない不吉《ふきつ》なことを言ったような気がして、肌寒《はださむ》くなりました。

「お寺へ？　何しに？」

「お盆《ぼん》でしょう？　だから、お父さまが、お寺まいりに行ったの。」

嘘《うそ》が不思議なくらい、すらすらと出ました。本当にその日は、お盆の十三日でした。よその女の子は、綺麗《きれい》な着物を着て、そのお家《うち》の門口《かどぐち》に出て、お得意そうに長い袂《たもと》をひらひらさせて遊んでいるのに、うちの子供たちは、いい着物を戦争中に皆《みな》焼いてしまったので、お盆でも、ふだんの日と変わらず粗末《そまつ》な洋服を着ているのです。

「そう？　早く帰って来るかしら。」

「さあ、どうでしょうね。マサ子が、おとなしくしていたら、早くお帰りになるかもしれないわ。」

とは言ったが、しかし、あのご様子では、今夜《こんや》も外泊《がいはく》にきまっています。

マサ子はお勝手にあがって、それから三畳間へ行き、三畳間の窓縁《まどべり》に淋《さび》しそうに腰かけて外を眺《なが》め、

「お母さま、マサ子のお豆に花が咲いているわ。」

と呟《つぶや》くのを聞いて、いじらしさに、つい涙ぐみ、

「どれどれ、あら、ほんとう。いまに、お豆がたくさん生《な》るわよ。」

玄関のわきに、十坪《つぼ》くらいの畑地《はたち》があって、以前は私がそこへいろいろ野菜を植えていたのだけれども、子供が三人になって、とても畑のほうにまで手がまわらず、また夫も、昔は私の畑仕事にときどき手伝って下さったものなのに、ちかごろはてんで、うちのことにかまわず、お隣《とな》りの畑などは旦那《だんな》さまがきれいに手入れなさって、さまざまのお野菜がたくさん見事《みごと》に出来ていて、うちの畑はそれに較《くら》べるとはかなく恥ずかしくただ雑草《ざっそう》ばかり生《は》えしげって、マサ子が配給《はいきゅう》のお豆を一粒《ひとつぶ》、土にうずめて水をかけ、それがひょいと芽を出して、おもちゃも何も持っていないマサ子にとって、それが唯一《ゆいいつ》のご自慢《じまん》の財産で、お隣りへ遊びに行っても、うちのお豆、うちのお豆、とはにかまずに吹聴《ふいちょう》している様子なのです。

おちぶれ。わびしさ。いいえ、それはもう、いまの日本では、私たちに限ったことでなく、殊《こと》にこの東京に住んでいる人たちは、どちらを見ても、元気が無くおちぶれた感じで、ひどく大儀《たいぎ》そうにのろのろと動き廻《まわ》っていて、私たちも持ち物全部を焼いてしまって、事《こと》毎《ごと》に身のおちぶれを感ずるけれども、しかし、いま苦しいのは、そんなことよりも、さらにさし迫《せま》った、この世のひとの妻として、何よりもつらいある事なのです。

私の夫は、神田《かんだ》の、かなり有名なある雑誌社に十年ちかく勤《つと》めていました。そうして八年前に私と、平凡《へいぼん》な見合い結婚をして、もうそのころから既《すで》にそろそろ東京では貸家《かしや》が少なくなり、中央線に沿った郊外《こうがい》の、しかも畑の中の一軒家《いっけんや》みたいな、この小さい貸家をやっと捜《さが》し当て、それから大戦争*2まで、ずっとここに住んでいたのです。

夫はからだが弱いので、召集《しょうしゅう》からも徴用《ちょうよう》からものがれ、無事に毎日、雑誌社に通勤していたのですが、戦争がはげしくなって、私たちの住んでいるこの郊外の町に、飛行機の製作工場などがあるおかげで、家のすぐ近くにもひんぴんと爆弾《ばくだん》が降って来て、とうとうある夜、裏《うら》の竹藪《たけやぶ》に一弾が落ちて、そのためにお勝手とお便所と三畳間が滅茶々《めちゃめちゃ》になり、とても親子四人（そのころはマサ子の他《ほか》に、長男の義太郎も生まれていました）その半壊《はんかい》の家に住みつづけることが出来なくなりましたので、私と二人の子供は、私の里《さと》の青森市へ疎開《そかい》することになり、夫はひとり半壊の家の六畳間に寝起きして、相変わらず雑誌社に通勤し続けることにしました。

けれども、私たちが青森市に疎開《そかい》して、四か月も経《た》たぬうちに、かえって青森市が空襲《くうしゅう》を受けて全焼し、私たちがたいへんな苦労をして青森市へ持ち運んだ荷物全部を焼失してしまい、それこそ着のみ着のままのみじめな姿で、青森市の焼け残った知り合いの家へ行って、地獄《じごく》の夢を見ている思いでただまごついて、十日ほどやっかいになっているうちに、日本の無条件降伏《こうふく》ということになり、私は夫のいる東京が恋《こ》いしくて、二人の子供を連れ、ほとんど乞食《こじき》の姿でまたもや東京に舞《ま》い戻《もど》り、ほかに移り住む家も無いので、半壊《はんかい》の家を大工《だいく》にたのんで大ざっぱな修理をしてもらって、どうやらまた以前のような、親子四人の水いらずの生活にかえり、少し、ほっとしたら、夫の身の上が変わって来ました。

雑誌社は罹災《りさい》し、その上、社の重役の間に資本のことでごたごたが起こったとやらで、社は解散になり、夫はたちまち失業者ということになりましたが、しかし、永年《ながねん》雑誌社に勤《つと》めて、その方面で知り合いのお方《かた》たちがたくさんございますので、そのうちの有力らしいお方たちと資本を出し合い、あたらしく出版社を起こして、二、三種類の本を出版した様子でした。けれども、その出版の仕事も、紙の買入れ方をしくじったとかで、かなりの欠損《けっそん》になり、夫も多額《たがく》の借金を背負い、その後仕末《あとしまつ》のために、ぼんやり毎日、家を出て、夕方くたびれ切ったような姿で帰宅し、以前から無口のお方でありましたが、そのころからいっそう、むっつり押し黙《だま》って、そうして出版の欠損の穴埋《あなう》めが、どうやら出来て、それからはもう何の仕事をする気力も失ってしまったようで、けれども、一日じゅううちにいらっしゃるというわけでもなく、何か考え、縁側《えんがわ》にのっそり立って、煙草《たばこ》を吸いながら、遠い地平線のほうをいつまでも見ていらして、ああ、またはじまった、と私がはらはらしていますと、はたして、思いあまったような深い溜息《ためいき》をついて吸いかけの煙草を庭《にわ》にぽんと捨《す》て、机の引き出しから財布《さいふ》を取って懐《ふところ》にいれ、そうして、あの、たましいの抜けたひとみたいな、足音の無い歩き方で、そっと玄関から出て行って、その晩はたいていお帰りになりません。

よい夫、やさしい夫でした。お酒は、日本酒なら一合《ごう》*3、ビイルなら一本やっとくらいのところで、煙草《たばこ》は吸いますが、それも配給《はいきゅう》の煙草で間に合う程度で、結婚してもう十年ちかくなるのに、その間いちども私をぶったり、また口汚《くちぎたな》くののしったりなさったことはありませんでした。たったいちど、夫のところへお客様がおいでになっていた時、いまのマサ子が三つくらいのころでしたかしら、お客様のところへ這《は》って行き、お客様のお茶をこぼしたとやらで、私を呼んだらしいのに、私はお勝手でばたばた七輪《しちりん》を煽《あお》いでいたので聞こえず、返事をしなかったら、夫は、その時だけは、ものすごい顔をしてマサ子を抱いてお勝手へ来て、マサ子を板の間《いたのま》におろして、それから、殺気立《さっきだ》った眼《め》つきで私をにらみ、しばらく棒立《ぼうだ》ちになっていらして、一ことも何もおっしゃらず、やがてくるりと私に背を向けてお部屋《へや》のほうへ行き、ピシャリ、と私の骨のずいまで響《ひび》くような、実にするどい強い音を立てて、お部屋の襖《ふすま》をしめましたので、私は男のおそろしさに震《ふる》え上がりました。夫から怒られた記憶は、本当に、たったそれ一つだけで、このたびの戦争のために私もいろいろ人並《ひとなみ》の苦労は致しましたけれども、それでも、夫の優《やさ》しさを思えば、この八年間、私は仕合《しあわ》せ者《もの》であったと言いたくなるのです。

（変わったお方《かた》になってしまった。いったい、いつごろから、あの事がはじまったのだろう。疎開先《そかいさき》の青森から引き上げて来て、四か月ぶりで夫と逢《あ》った時、夫の笑顔《えがお》がどこやら卑屈《ひくつ》で、そうして、私の視線を避《さ》けるような、おどおどしたお態度で、私はただそれを、不自由なひとり暮らしのために、おやつれになった、とだけ感じて、いたいたしく思ったものだが、あるいはあの四か月の間に、ああ、もう何も考えまい、考えると、考えるだけ苦しみの泥沼《どろぬま》に深く落ち込むばかりだ。）

どうせお帰りにならない夫の蒲団《ふとん》を、マサ子の蒲団と並《なら》べて敷《し》いて、それから蚊帳《かや》を吊《つ》りながら、私は悲しく、くるしゅうございました。

二

翌《あく》る日のお昼すこし前に、私が玄関の傍《そば》の井戸端《いどばた》で、ことしの春に生まれた次女のトシ子のおむつを洗濯《せんたく》していたら、夫がどろぼうのような日蔭者《ひかげもの》くさい顔つきをして、こそこそやって来て、私を見て、黙《だま》ってひょいと頭をさげて、つまずいて、つんのめりながら玄関にはいって行きました。妻の私に、思わず頭をさげるなど、ああ、夫も、くるしいのだろう、と思ったら、いじらしさに胸が一ぱいになり、とても洗濯をつづけることが出来な

くて、立って私も夫の後を追って家へはいり、

「暑かったでしょう？　はだかになったら？　けさ、お盆《ぼん》の特配《とくはい》で、ビイルが二本配給《はいきゅう》になったの。ひやしておきましたけど、お飲みになりますか？」

夫はおどおどして気弱く笑い、

「そいつは、凄《すご》いね。」

と声さえかすれて、

「お母《かあ》さんと一本ずつ飲みましょうか。」

見え透《す》いた、下手《へた》なお世辞《せじ》みたいなことまで言うのでした。

「お相手をしますわ。」

私の死んだ父が大酒家《たいしゅか》で、そのせいか私は、夫よりもお酒が強いくらいなのです。結婚したばかりのころ、夫と二人で新宿《しんじゅく》を歩いて、おでんやなどにはいり、お酒を飲んでも、夫はすぐ真っ赤になってだめになりますが、私は一向《いっこう》になんともなく、ただすこし、どういうわけか耳鳴りみたいなものを感ずるだけでした。

三畳間《さんじょうま》で、子供たちは、ごはん、夫は、はだかで、そうして濡《ぬ》れ手拭《てぬぐ》いを肩にかぶせて、ビイル、私はコップ一ぱいだけ付き合わせていただいて、あとはもったいないので遠慮《えんりょ》して、次女のトシ子を抱いておっぱいをやり、うわべは平和な一家《いっか》団欒《だんらん》の図でしたが、やは

り気まずく、夫は私の視線を避《さ》けてばかりいますし、また私も、夫の痛いところにさわらないよう話題を細心《さいしん》に選択《せんたく》しなければならず、どうしても話がはずみません。長女のマサ子も、長男の義太郎も、何か両親のそんな気持ちのこだわりを敏感《びんかん》に察するものらしく、ひどくおとなしく代用食《だいようしょく》の蒸《むし》パンをズルチン*4の紅茶にひたしてたべています。

「昼の酒は、酔《よ》うねえ。」

「あら、ほんとう、からだじゅう、まっかですわ。」

その時ちらと、私は、見ました。夫の顎《あご》の下に、むらさき色の蛾《が》が一匹へばりついていて、いいえ、蛾ではありません、結婚したばかりのころ、私にも、その、覚えがあったので、蛾の形のあざをちらと見て、はっとして、と同時に夫も、私に気づかれたのを知ったらしく、どぎまぎして、肩にかけている濡《ぬ》れ手拭《てぬぐ》いの端《はし》で、そのかまれた跡《あと》を不器用《ぶきよう》におおいかくし、はじめからその蛾の形をごまかすために濡れ手拭いなど肩にかけていたのだということもわかりましたが、しかし、私はなんにも気付かぬふりをしようと、ずいぶん努力して、

「マサ子も、お父さまとご一緒《いっしょ》だと、パンパがおいしいようね。」

と冗談《じょうだん》めかして言ってみましたが、何だかそれも夫への皮肉みたいに響《ひび》いて、かえってへんに白々《しらじら》しくなり、私の苦しさも極度《きょくど》に達して来た時、突然、お隣《とな》りのラジオがフラン

スの国歌をはじめまして、夫はそれに耳を傾《かたむ》け、

「ああ、そうか、きょうは巴里祭《パリさい》だ。*5」

とひとりごとのようにおっしゃって、幽《かす》かに笑い、それから、マサ子と私に半々に言い聞かせるように、

「七月十四日、この日はね、革命《かくめい》、……」

と言いかけて、ふっと言葉がとぎれて、見ると、夫は口をゆがめ、眼《め》に涙が光って、泣きたいのをこらえている顔でした。それから、ほとんど涙声になって、

「バスチーユのね、牢獄《ろうごく》を攻撃《こうげき》してね、民衆がね、あちらからもこちらからも立ち上がって、それ以来、フランスの、春こうろうの花の宴《えん》*6が永遠に、永遠にだよ、永遠に失われることになったのだけどね、でも、破壊《はかい》しなければいけなかったんだ、永遠に新秩序《ちつじょ》の、新道徳の再建が出来ないことがわかっていながらも、それでも、破壊しなければいけなかったんだ、革命いまだ成らず、と孫文《そんぶん》*7が言って死んだそうだけれども、革命の完成というものは、永遠に出来ないことかもしれない、しかし、それでも革命を起こさなければいけないんだ、革命の本質というものはそんな具合《ぐあ》いに、かなしくて、美しいものなんだ、そんなことをしたって何になると言ったって、そのかなしさと、美しさと、それから、愛、……」

フランスの国歌は、なおつづき、夫は話しながら泣いてしまって、それから、てれくさそうに、無理にふふんと笑って見せて、

「こりゃ、どうも、お父さんは泣き上戸《じょうご》[*8]らしいぞ。」

と言い、顔をそむけて立ち、お勝手へ行って水で顔を洗いながら、

「どうも、いかん。酔《よ》いすぎた。フランス革命《かくめい》で泣いちゃった。すこし寝るよ。」

とおっしゃって、六畳間《ろくじょうま》へ行き、それっきりひっそりとなってしまいましたが、身をもんで忍《しの》び泣いているに違いございません。

夫は、革命のために泣いたのではありません。いいえ、でも、フランスにおける革命は、家庭における恋と、よく似ているのかもしれません。かなしくて美しいもののために、フランスのロマンチックな王朝をも、また平和な家庭をも、破《は》壊《かい》しなければならないつらさ、その夫のつらさは、よくわかるけれども、しかし、私だって夫に恋をしているのだ、あの、昔の紙治《かみじ》[*9]のおさんではないけれども、

女房《にょうぼう》のふところには
鬼《おに》が棲《す》むか
あああ
蛇《じゃ》が棲むか

とかいうような悲歎《ひたん》には、革命思想も破壊思想も、なんの縁《えん》もゆかりも無いような顔で素通《すどお》りして、そうして女房ひとりは取り残され、いつまでも同じ場所で同じ姿でわびしい溜息《ためいき》ばかりついていて、いったい、これはどうなることなのでしょうか、運を天にゆだね、ただ夫の恋の風の向きの変わるのを祈って、忍従《にんじゅう》していなければならぬことなのでしょうか。子供が三人もあるのです。子供のためにも、いまさら夫と、わかれることもなりませぬ。

二夜くらいつづけて外泊《がいはく》すると、さすがに夫も、一夜は自分のうちに寝ます。夕食がすんでから夫は、子供たちと縁側《えんがわ》で遊び、子供たちにさえ卑屈《ひくつ》なおあいそみたいなことを言い、ことし生まれた一ばん下の女の子をへたな手つきで抱き上げて、

「ふとっていまチねえ、べっぴんちゃんでチねえ。」

とほめて、私がつい何の気なしに、

「可愛《かわい》いでしょう？　子供を見てると、ながいきしたいとお思いにならない？」

と言ったら、夫は急に妙《みょう》な顔になって、

「うむ。」

と苦しそうな返事をなさったので、私は、はっとして、冷汗《ひやあせ》の出る思いでした。

うちで寝る時は、夫は、八時ごろにもう、六畳間にご自分の蒲団《ふとん》とマサ子の蒲団を敷《し》い

て蚊帳《かや》を吊《つ》り、もすこしお父《とう》さまと遊んでいたいらしいマサ子の服を無理にぬがせてお寝《ね》巻《まき》に着換《きが》えさせてやって寝かせ、ご自分もおやすみになって電灯を消し、それっきりなのです。

私は隣《とな》りの四畳半《よじょうはん》に長男と次女を寝かせ、それから十一時ごろまで針《はり》仕事をして、それから蚊帳《かや》を吊《つ》って長男と次女の間に「川」の字ではなく「小」の字になってやすみます。

ねむられないのです。隣室《りんしつ》の夫も、ねむられない様子で、溜息《ためいき》が聞こえ、私も思わず溜息をつき、また、あのおさんの、

鬼《おに》が棲《す》むか

女房《にょうぼう》のふところには

ああ

蛇《じゃ》が棲むか

とかいう嘆《なげ》きの歌が思い出され、夫が起きて私の部屋《へや》へやって来て、私はからだを固くしましたが、夫は、

「あの、睡眠剤《すいみんざい》が無かったかしら。」

「ございましたけど、あたし、ゆうべ飲んでしまいましたわ。ちっとも、ききませんでしたの。」

「飲みすぎるとかえってきかないんです。六錠《じょう》くらいがちょうどいいんです。」

不機嫌《ふきげん》そうな声でした。

三

毎日、毎日、暑い日が続きました。私は、暑さと、それから心配のために、食べものが喉《のど》をとおらぬ思いで、頬《ほお》の骨が目立って来て、赤ん坊《あかんぼう》にあげるおっぱいの出もほそくなり、夫も、食《しょく》がちっともすすまぬ様子で、眼《め》が落ちくぼんで、ぎらぎらおそろしく光って、ある時、ふふんとご自分をあざけり笑うような笑い方をして、

「いっそ発狂しちゃったら、気が楽だ。」

と言いました。

「あたしも、そうよ。」

「正しいひとは、苦しいはずがない。つくづく僕《ぼく》は感心することがあるんだ。どうして、君たちは、そんなにまじめで、まっとうなんだろうね。世の中を立派《りっぱ》に生きとおすように生まれついた人と、そうでない人と、はじめからはっきり区別がついているんじゃないかしら。」

「いいえ、鈍感《どんかん》なんですのよ、あたしなんかは。ただ、……」

「ただ?」

夫は、本当に狂ったひとのような、へんな目つきで私の顔を見ました。私は口ごもり、ああ、言えない、具体的なことは、おそろしくて、何も言えない。

「ただね、あなたがお苦しそうだと、あたしも苦しいの。」

「なんだ、つまらない。」

と、夫は、ほっとしたように微笑《ほほえ》んでそう言いました。

その時、ふっと私は、久方《ひさかた》ぶりで、涼《すず》しい幸福感を味わいました。(そうなんだ、夫の気持ちを楽にしてあげたら、私の気持ちも楽になるんだ。道徳も何もありやしない、気持ちが楽になれば、それでいいんだ。)

その夜おそく、私は夫の蚊帳《かや》にはいって行って、

「いいのよ、いいのよ。なんとも思ってやしないわよ。」

と言って、倒《たお》れますと、夫はかすれた声で、

「エキスキュウズ、ミイ[*10]。」

と冗談《じょうだん》めかして言って、起きて、床《とこ》の上にあぐらをかき、

「ドンマイ[*11]、ドンマイ。」

夏の月が、その夜は満月でしたが、その月光が雨戸《あまど》の破《やぶ》れ目から細い銀線になって四、五本、蚊帳《かや》の中にさし込んで来て、夫の痩《や》せたはだかの胸に当たっていました。

「でも、お痩せになりましたわ。」

私も、笑って、冗談めかしてそう言って、床の上に起き直りました。

「君だって、痩せたようだぜ。余計な心配をするから、そうなります。」

「いいえ、だからそう言ったじゃないの。なんとも思ってやしないわよ、って。いいのよ、あたしは利巧《りこう》なんですから。ただね、時々は、でえじにしてくんな。」

と言って私が笑うと、夫も月光を浴《あ》びた白い歯を見せて笑いました。私の小さいころに死んだ私の里《さと》の祖父母《そふぼ》は、よく夫婦《ふうふ》喧嘩《げんか》をして、そのたんびに、おばあさんが、でえじにしてくんな、とおじいさんに言い、私は子供心にもおかしくて、結婚してから夫にもそのことを知らせて、二人で大笑いしたものでした。

私がその時それを言ったら、夫はやはり笑いましたが、しかし、すぐにまじめな顔になって、

「大事にしているつもりなんだがね。風にも当てず、大事にしているつもりなんだ。君は、本当にいいひとなんだ。つまらないことを気にかけず、ちゃんとプライドを持って、落ちついていなさいよ。僕はいつでも、君のことばかり思っているんだ。その点については、

なり、

「君は、どんなに自信を持っていても、持ちすぎるということはないんだ。」

といやにあらたまったみたいな、興《きょう》ざめたことを言い出すので、私はひどく恰好《かっこう》が悪く
「でも、あなた、お変わりになったわよ。」

と顔を伏《ふ》せて小声で言いました。

（私は、あなたに、いっそ思われていないほうが、あなたにきらわれ、憎《にく》まれていたほうが、かえって気持ちがさっぱりしてたすかるのです。私のことをそれほど思って下さりながら、ほかのひとを抱きしめているあなたの姿が、私を地獄《じごく》につき落としてしまうのです。

男のひとは、妻をいつも思っていることが道徳的だと感ちがいしているのではないでしょうか。他《ほか》にすきなひとが出来ても、おのれの妻を忘れないというのは、いいことだ、良心的だ、男はつねにそのようでなければならない、とでも思い込んでいるのではないでしょうか。そうして、他のひとを愛しはじめると、妻の前で憂鬱《ゆううつ》な溜息《ためいき》などついて見せて、道徳の煩悶《はんもん》とかをはじめて、おかげで妻のほうも、その夫の陰気《いんき》くささに感染《かんせん》して、こっちも溜息、もし夫が平気で快活にしていたら、妻だって、地獄の思いをせずにすむのです。ひとを愛するなら、妻をまったく忘れて、あっさり無心《むしん》に愛してやって下さい。）

夫は、力無い声で笑い、

「変わるもんか。変わりやしないさ。ただもうこのごろは暑いんだ。暑くてかなわない。夏は、どうも、エキスキュウズ、ミイだ。」

とりつくしまも無いので、私も、少し笑い、

「にくいひと。」

と言って、夫をぶつ真似《まね》をして、さっと蚊帳《かや》から出て、私の部屋《へや》の蚊帳にはいり、長男と次女のあいだに「小」の字の形になって寝るのでした。

でも、私は、それだけでも夫に甘《あま》えて、話をして笑い合うことが出来たのがうれしく、胸のしこりも、少し溶《と》けたような気持ちで、その夜は、久しぶりに朝まで寝ぐるしい思いをせずにとろとろと眠れました。

これからは、何でもこの調子で、軽く夫に甘《あま》えて、冗談《じょうだん》を言い、ごまかしだって何だってかまわない、正しい態度でなくったってかまわない、そんな、道徳なんてどうだっていい、ただ少しでも、しばらくでも、気持ちの楽な生き方をしたい、一時間でも二時間でもたのしかったらそれでいいのだ、という考えに変わって、夫をつねったりして、家の中に高い笑い声もしばしば起こるようになった矢先、ある朝だしぬけに夫は、温泉《おんせん》に行きたいと言い出しました。

「頭がいたくてね、暑気《しょき》に負けたのだろう。信州《しんしゅう》のあの温泉、あのちかくには知ってる人

もいるし、いつでもおいで、お米持参の心配はいらない、とその人が言っているんだ。二、三週間、静養《せいよう》して来たい。このままだと、僕は、気が狂いそうだ。とにかく、東京から逃げたいんだ。」

そのひとから逃げたくなって、旅に出るのかしら、とふと私は考えました。

「お留守《るす》のあいだに、ピストル強盗《ごうとう》がはいったら、どうしよう。」

と私は笑いながら、（ああ、悲しいひとたちは、よく笑う）そう言いますと、

「強盗に申し上げたらいいさ、あたしの亭主《ていしゅ》は気違いですよ、って。ピストル強盗も、気違いには、かなわないだろう。」

旅に反対する理由もありませんでしたので、私は夫のよそゆきの麻《あさ》の夏服を押入《おしいれ》から取り出そうとして、あちこち捜《さが》しましたが、見当りませんでした。

私は青白くなった気持ちで、

「無いわ。どうしたのでしょう。空巣《あきす》にはいられたのかしら。」

「売ったんだ。」

夫は泣きべそに似《に》た笑い顔をつくって、そう言いました。

私は、ぎょっとしましたが、しいて平気を装《よそお》って、

「まあ、素早《すばや》い。」

「そこが、ピストル強盗《ごうとう》よりも凄《すご》いところさ。」

その女のひとのために、内緒《ないしょ》でお金の要《い》ることがあったのに違いないと私は思いました。

「それじゃ、何を着ていらっしゃるの？」

「開襟《かいきん》シャツ一枚でいいよ。」

朝に言い出し、お昼にはもう出発ということになりました。一刻《いっこく》も早く、家から出て行きたい様子でしたが、炎天《えんてん》つづきの東京にめずらしくその日、俄雨《にわかあめ》があり、夫は、リュックを背負い靴《くつ》をはいて、玄関の式台《しきだい》に腰をおろし、とてもいらいらしているように顔をしかめながら、雨のやむのを待ち、ふいと一言《ひとこと》、

「さるすべりは、これは、一年おきに咲くものかしら。」

と呟《つぶや》きました。

玄関の前の百日紅《さるすべり》は、ことしは花が咲きませんでした。

「そうなんでしょうね。」

私もぼんやり答えました。

それが、夫と交《かわ》した最後の夫婦らしい親しい会話でございました。

雨がやんで、夫は逃げるようにそそくさと出かけ、それから三日後に、あの諏訪《すわ》湖心中《こしんじゅう》の記事が新聞に小さく出ました。

それから、諏訪の宿《やど》から出した夫の手紙も私は、受け取りました。

「自分がこの女の人と死ぬのは、恋のためではない。自分は、ジャーナリストである。ジャーナリストは、人に革命《かくめい》やら破壊《はかい》やらをそそのかしておきながら、いつも自分はするりとそこから逃げて汗などを拭《ふ》いている。実に奇怪《きかい》な生き物である。現代の悪魔《あくま》である。自分はその自己嫌悪《じこけんお》に堪《た》えかねて、みずから、革命家の十字架《じゅうじか》にのぼる決心をしたのである。ジャーナリストの醜聞《しゅうぶん》。それはかつて例の無かったことではあるまいか。自分の死が、現代の悪魔を少しでも赤面《せきめん》させ反省《はんせい》させることに役立ったら、うれしい。」

などと、本当につまらない馬鹿《ばか》げたことが、その手紙に書かれていました。男の人って、死ぬる際《きわ》まで、こんなにもったいぶって意義だの何だのにこだわり、見栄《みえ》を張って嘘《うそ》をついていなければならないのかしら。

夫のお友達の方《かた》から伺《うかが》ったところによると、その女のひとは、夫の以前の勤《つと》め先の、神《かん》田《だ》の雑誌社の二十八歳の女記者で、私が青森に疎開《そかい》していたあいだに、この家へ泊《とま》りに来たりしていたそうで、姙娠《にんしん》とか何とか、まあ、たったそれくらいのことで、革命だの何だのと大騒《おおさわ》ぎして、そうして、死ぬなんて、私は夫をつくづく、だめな人だと思いました。

革命は、ひとが楽に生きるために行うものです。悲壮《ひそう》な顔の革命家を、私は信用いたしません。夫はどうしてその女のひとを、もっと公然とたのしく愛して、妻の私までたのしくなるように愛してやることが出来なかったのでしょう。地獄《じごく》の思いの恋などは、ご当人の苦しさも格別でしょうが、だいいち、はためいわくです。

気の持ち方を、軽くくるりと変えるのが真《しん》の革命で、それさえ出来たら、何のむずかしい問題もないはずです。自分の妻に対する気持ち一つ変えることが出来ず、革命の十字架《じゅうじか》もすさまじいと、三人の子供を連れて、夫の死骸《しがい》を引き取りに諏訪《すわ》へ行く汽車の中で、悲しみとか怒《いか》りとかいう思いよりも、呆《あき》れかえった馬鹿々々《ばかばか》しさに身悶《みもだ》えしました。

（一九四七年十月）

饗応《きょうおう》夫人《ふじん》

奥さまは、もとからお客に何かと世話《せわ》を焼き、ごちそうするのが好きなほうでしたが、いいえ、でも、奥さまの場合、お客をすきというよりは、お客におびえている、とでも言いたいくらいで、玄関のベルが鳴り、まず私が取次《とりつ》ぎに出まして、それからお客のお名前を告げに奥さまのお部屋《へや》へまいりますと、奥さまはもう既《すで》に、鷲《わし》の羽音《はおと》を聞いて飛び立つ一瞬《いっしゅん》前の小鳥のような感じの異様《いよう》に緊張《きんちょう》の顔つきをしていらして、おくれ毛《げ》を掻《か》き上げ襟《えり》もとを直し腰を浮かせて私の話を半分も聞かぬうちに立って廊下《ろうか》に出て小走りに走って、玄関に行き、たちまち、泣くような笑うような笛《ふえ》の音《ね》に似《に》た不思議な声を挙《あ》げてお客を迎《むか》え、それからはもう錯乱《さくらん》したひとみたいに眼《め》つきをかえて、客間とお勝手《かって》のあいだを走り狂い、お鍋《なべ》をひっくりかえしたりお皿をわったり、すみませんねえ、すみませんねえ、と女中の私におわびを言い、そうしてお客のお帰りになった後は、呆然《ぼうぜん》として客間にひとりでぐったり横坐《よこずわ》りに坐ったまま、後片づけも何もなさらず、たまには、涙ぐんでいることさえありました。

ここのご主人は、本郷《ほんごう》の大学[*1]の先生をしていらして、生まれたお家《うち》もお金持ちなんだそうで、その上、奥さまのお里《さと》も、福島県の豪農《ごうのう》とやらで、お子さんの無いせいもございましょうが、ご夫婦ともまるで子供みたいな苦労知らずの、のんびりしたところがありました。私がこの家へお手伝いにあがったのは、まだ戦争さいちゅうの四年前で、それから半年ほど経《た》って、ご主人は第二国民兵*2の弱そうなおからだでしたのに、突然、召集《しょうしゅう》されて運が悪くすぐ南洋の島へ連れて行かれてしまった様子で、ほどなく戦争が終わっても、消息不明で、その時の部隊長から奥さまへ、あるいはあきらめていただかなければならぬかもしれぬ、という意味の簡単な葉書《はがき》がまいりまして、それから奥さまのお客の接待《せったい》も、いよいよ物狂《ものぐる》おしく、お気の毒《どく》で見ておれないくらいになりました。

あの、笹島《ささじま》先生がこの家へあらわれるまではそれでも、奥さまの交際は、ご主人のご親《しん》戚《せき》とか奥さまの身内とかいうお方《かた》たちに限られ、ご主人が南洋の島においでになった後でも、生活のほうは、奥さまのお里から充分《じゅうぶん》の仕送りもあって、わりに気楽で、物静かな、謂《い》わばお上品なくらしでございましたのに、あの、笹島先生などが見えるようになってから、滅茶苦茶《めちゃくちゃ》になりました。

この土地は、東京の郊外《こうがい》には違いありませんが、でも、都心から割《わり》に近くて、さいわい戦災《せんさい》からものがれることが出来ましたので、都心で焼け出された人たちは、それこそ洪水《こうずい》のようにこの辺にはいり込み、商店街を歩いても、行き合う人の顔触《かおぶ》れがすっかり全部、変わってしまった感じでした。

昨年の暮《くれ》、でしたかしら、奥さまが十年ぶりとかで、ご主人のお友達の笹島先生に、マーケットでお逢《あ》いしたとかで、うちへご案内《あんない》していらしたのが、運のつきでした。

笹島先生は、ここのご主人と同様の四十歳前後のお方《かた》で、やはりここのご主人の勤《つと》めていらした本郷《ほんごう》の大学の先生をしていらっしゃるのだそうで、でも、ここのご主人は文学士《ぶんがくし》なのに、笹島先生は医学士で、なんでも中学校時代に同級生だったとか、それから、ここのご主人がいまのこの家をおつくりになる前に奥さまと駒込《こまごめ》*3のアパートにちょっとの間住んでいらして、その折、笹島先生は独身《どくしん》で同じアパートに住んでいたので、それで、ほんのわずかの間ながら親交があって、ご主人がこちらへお移りになってからは、やはりご研究の畑がちがうせいもございますのか、お互いお家《うち》を訪問し合うこともなく、それっきりのお付き合いになってしまって、それ以来、十何年とか経《た》って、偶然、このまちのマーケットで、ここの奥さまを見つけて、声をかけたのだそうです。呼びかけられて、ここの奥さまもまた、ただ挨拶《あいさつ》だけにして別れたらよいのに、本当に、よせばよいのに、れいの持ち前の歓待癖《かんたいへき》を出して、うちはすぐそこですから、まあ、どうぞ、いいじゃありませんか、など引きとめたくもないのに、お客をおそれてかえって逆上《ぎゃくじょう》して必死で引きとめた様子で、笹島先生は、二重廻《にじゅうまわ》しに買物籠《かいものかご》、というへんな恰好《かっこう》で、この家へやって来られて、

「やあ、たいへん結構《けっこう》な住居《すまい》じゃないか。戦災《せんさい》をまぬかれたとは、悪運《あくうん》つよしだ。同居人

がいないのかね。それはどうも、ぜいたくすぎるね。いや、もっとも、女ばかりの家庭で、しかもこんなにきちんとお掃除《そうじ》の行きとどいている家には、かえって同居をたのみにくいものだ。同居させてもらっても窮屈《きゅうくつ》だろうからね。しかし、奥さんが、こんなに近くに住んでいるとは思わなかった。お家《うち》がM町とは聞いていたけど、しかし、人間て、まが抜けているものですね、僕《ぼく》はこっちへ流れて来て、もう一年ちかくなるのに、全然ここの標札《ひょうさつ》に気がつかなかった。この家の前を、よく通るんですがね、マーケットに買い物に行く時は、かならず、ここの路《みち》をとおるんですよ。いや、僕もこんどの戦争では、ひどいめに遭《あ》いましてね、結婚してすぐ召集《しょうしゅう》されて、やっと帰ってみると家は綺麗《きれい》に焼かれて、女房《にょうぼう》は留守中《るすちゅう》に生まれた男の子と一緒《いっしょ》に千葉県の女房の実家に避難《ひなん》していて、東京に呼び戻《もど》したくても住む家が無い、という現状ですからね、やむを得ず僕ひとり、そこの雑貨店《ざっかてん》の奥の三畳間《さんじょうま》を借りて自炊《じすい》生活ですよ、今夜《こんや》は、ひとつ鳥鍋《とりなべ》でも作って大ざけでも飲んでみようかと思って、こんな買物籠《かいものかご》などぶらさげてマーケットをうろついていたというわけなんだが、やけくそですよ、もうこうなればね。自分でも生きているんだか死んでいるんだか、わかりやしない。」

客間に大あぐらをかいて、ご自分のことばかり言っていらっしゃいます。

「お気の毒《どく》に。」

と奥さまは、おっしゃって、もう、はや、れいの逆上《ぎゃくじょう》の饗応癖《きょうおうへき》がはじまり、目つきをかえてお勝手へ小走りに走って来られて、

「ウメちゃん、すみません。」

と私にあやまって、それから鳥鍋《とりなべ》の仕度《したく》とお酒の準備を言いつけ、それからまた身をひるがえして客間へ飛んで行き、と思うとすぐにまたお勝手へ駈《か》け戻《もど》って来て火をおこすやら、お茶道具を出すやら、いかにまいどのこととは言いながら、その興奮《こうふん》と緊張《きんちょう》とあわて加減《かげん》は、いじらしいのを通りこして、にがにがしい感じさえするのでした。

笹島先生もまた図々《ずうずう》しく、

「やあ、鳥鍋ですか、失礼ながら奥さん、僕《ぼく》は鳥鍋にはかならず、糸こんにゃくをいれることにしているんだがね、おねがいします、ついでに焼豆腐《やきどうふ》があるとなお結構《けっこう》ですな。単に、ねぎだけでは心細《こころぼそ》い。」

などと大声で言い、奥さまはそれを皆《みな》まで聞かず、お勝手へころげ込むように走って来て、

「ウメちゃん、すみません。」

と、てれているような、泣いているような赤《あか》ん坊《ぼう》みたいな表情で私にたのむのでした。

笹島先生は、酒をお猪口《ちょこ》で飲むのはめんどうくさい、と言い、コップでぐいぐい飲んで

酔《よ》い、

「そうかね、ご主人もついに生死不明か、いや、もうそれは、十中の八九は戦死だね、しようがない、奥さん、不仕合《ふしあわ》せなのはあなただけではないんだからね。」

とすごく簡単に片づけ、

「僕なんかは奥さん、」

とまた、ご自分のことを言い出し、

「住むに家無く、最愛の妻子《さいし》と別居し、家財道具を焼き、衣類を焼き、蒲団《ふとん》を焼き、蚊帳《かや》を焼き、何も一つもありやしないんだ。僕はね、奥さん、あの雑貨店《ざっかてん》の奥の三畳間《さんじょうま》を借りる前にはね、大学の病院の廊下《ろうか》に寝泊《ねとま》りしていたものですよ。医者のほうが患者《かんじゃ》よりも、数等《すうとう》*4みじめな生活をしている。いっそ患者になりてえくらいだった。ああ、実に面白《おもしろ》くない。みじめだ。奥さん、あなたなんか、いいほうですよ。」

「ええ、そうね。」

と奥さまは、いそいで相槌《あいづち》を打ち、

「そう思いますわ。本当に、私なんか、皆《みな》さんにくらべて仕合《しあわ》せすぎると思っていますの。」

「そうですとも、そうですとも。こんど僕の友人を連れて来ますからね、みんなまあ、これは不幸な仲間なんですからね、よろしく頼《たの》まざるをえないというような、わけなんですね。」

奥さまは、ほほほといっそ楽しそうにお笑いになり、

「そりゃ、もう。」

とおっしゃって、それからしんみり、

「光栄でございますわ。」

その日から、私たちのお家《うち》は、滅茶々々《めちゃめちゃ》になりました。

酔《よ》った上のご冗談《じょうだん》でも何でもなく、ほんとうに、それから四、五日経《た》って、まあ、あつかましくも、こんどはお友だちを三人も連れて来て、きょうは病院の忘年会《ぼうねんかい》があって、今夜《こんや》はこれからお宅《たく》で二次会をひらきます、奥さん、大いに今から徹夜《てつや》で飲みましょう、このごろはどうもね、二次会をひらくのに適当《てきとう》な家が無くて困《こま》りますよ、おい諸君《しょくん》、なに遠慮《えんりょ》の要《い》らない家なんだ、あがりたまえ、あがりたまえ、客間はこっちだ、外套《がいとう》は着たままでいいよ、寒くてかなわない、などと、まるでもうご自分のお家同様に振舞《ふるま》い、わめき、そのまたお友だちの中のひとりは女のひとで、どうやら看護婦《かんごふ》さんらしく、人前もはばからずその女とふざけ合って、そうしてただもうおどおどして無理に笑っていなさる奥さまをまるで召使《めしつか》いか何かのようにこき使い、

「奥さん、すみませんが、このこたつに一つ火をいれて下さいな。それから、また、こないだみたいにお酒の算段をたのみます。日本酒が無かったら、焼酎《しょうちゅう》でもウイスキイでもかまいませんからね、それから、食べるものは、あ、そうそう、奥さん今夜《こんや》はね、すてきなお土産《みやげ》を持参しました、召《め》し上がれ、鰻《うなぎ》の蒲焼《かばやき》。寒い時はこれに限りますからね、一串《ひとくし》は奥さんに、一串は我々にということにしていただきましょうか、それから、おい誰《だれ》か、林《りん》檎《ご》を持っていた奴《やつ》があったな、惜《お》しまずに奥さんに差し上げろ、インド*5といってあれはとびきり香《かお》り高い林檎だ。」

私がお茶を持って客間へ行ったら、誰《だれ》やらのポケットから、小さい林檎《りんご》が一つころころところげ出て、私の足もとへ来て止まり、私はその林檎を蹴《け》飛《と》ばしてやりたく思いました。たった一つ。それをお土産だなんて図々《ずうずう》しくほらを吹いて、また鰻《うなぎ》だって後で私が見たら、薄《うす》っぺらで半分乾《かわ》いているような、まるで鰻の乾物《ひもの》みたいな情無《なさけな》いしろものでした。

その夜は、夜明け近くまで騒《さわ》いで、奥さまも無理にお酒を飲まされ、しらじらと夜の明けたころに、こんどは、こたつを真ん中にして、みんなで雑《ざ》魚《こ》寝《ね》ということになり、奥さまも無理にその雑魚寝の中に参加させられ、奥さまはきっと一睡《いっすい》も出来なかったでしょうが、他の連中は、お昼すぎまでぐうぐう眠って、眼《め》がさめてから、お茶づけを食べ、もう酔《よ》いもさめているのでしょうから、さすがに少し、しょげて、殊《こと》に私は、露骨《ろこつ》にぷりぷり怒っている様子を見せたものですから、私に対しては、みな一様《いちよう》に顔をそむけ、やがて、元気の無い腐《くさ》った魚のような感じの恰好《かっこう》で、ぞろぞろ帰って行きました。

「奥さま、なぜあんな者たちと、雑魚寝《ざこね》なんかをなさるんです。私、あんな、だらしないことは、きらいです。」

「ごめんなさいね。私、いや、と言えないの。」

寝不足《ねぶそく》の疲《つか》れ切った真《ま》っ蒼《さお》なお顔で、眼《め》には涙さえ浮かべてそうおっしゃるのを聞いては、私もそれ以上なんとも言えなくなるのでした。

そのうちに、狼《おおかみ》たちの来襲《らいしゅう》がいよいよひどくなるばかりで、この家が、笹島先生の仲間の寮《りょう》みたいになってしまって、笹島先生の来ない時は、笹島先生のお友達が来て泊《とま》って行くし、そのたんびに奥さまは雑魚寝《ざこね》の相手を仰《おお》せつかって、奥さまだけは一睡《いっすい》も出来ず、もともとお丈夫《じょうぶ》なお方《かた》ではありませんでしたから、とうとうお客の見えない時は、いつも寝ているようにさえなりました。

「奥さま、ずいぶんおやつれになりましたわね。あんな、お客のつき合いなんか、およしなさいよ。」

「ごめんなさいね。私には、出来ないの。みんな不仕合《ふしあわ》せなお方ばかりなのでしょう？私の家へ遊びに来るのが、たった一つの楽しみなのでしょう。」

ばかばかしい。奥さまの財産も、いまではとても心細《こころぼそ》くなって、このぶんでは、もう半年も経《た》てば、家を売らなければならない状態らしいのに、そんな心細さはみじんもお客に見せず、またおからだも、たしかに悪くしていらっしゃるらしいのに、お客が来ると、すぐお床《とこ》からはね起き、素早《すばや》く身なりをととのえて、小走りに走って玄関に出て、たちまち、泣くような笑うような不思議な歓声《かんせい》を挙《あ》げてお客を迎《むか》えるのでした。

早春《そうしゅん》の夜のことでありました。やはり一組の酔《よ》っぱらい客があり、どうせまた徹夜《てつや》になるのでしょうから、いまのうちに私たちだけ大いそぎで、ちょっと腹ごしらえをしておきましょう、と私から奥さまにおすすめして、私たち二人台所で立ったまま、代用食《だいようしょく》の蒸《む》しパンを食べていました。奥さまは、お客さまには、いくらでもおいしいごちそうを差し上げるのに、ご自分おひとりだけのお食事は、いつも代用食で間に合せていたのです。

その時、客間から、酔《よ》っぱらい客の下品な笑い声が、どっと起こり、つづいて、

「いや、いや、そうじゃあるまい。たしかに君とあやしいと俺《おれ》はにらんでいる。あのおばさんだって君、……」と、とても聞くに堪《た》えない失礼な、きたないことを、医学の言葉で言いました。

すると、若い今井先生らしい声がそれに答えて、

「何を言ってやがる。俺は愛情でここへ遊びに来ているんじゃないよ。ここはね、単なる

宿屋《やどや》さ。」

私は、むっとして顔を挙《あ》げました。

暗い電灯の下で、黙《だま》ってうつむいて蒸《む》しパンを食べていらっしゃる奥さまの眼《め》に、その時は、さすがに涙が光りました。私はお気の毒のあまり、言葉につまっていましたら、奥さまはうつむきながら静かに、

「ウメちゃん、すまないけどね、あすの朝は、お風呂《ふろ》をわかして下さいね。今井先生は、朝風呂がお好きですから。」

けれども、奥さまが私に口惜《くや》しそうな顔をお見せになったのは、その時くらいのもので、あとはまた何事も無かったように、お客に派手《はで》なあいそ笑いをしては、客間とお勝手のあいだを走り狂うのでした。

おからだがいよいよお弱りになっていらっしゃるのが私にはちゃんとわかっていましたが、何せ奥さまは、お客と対する時は、みじんもお疲《つか》れの様子をお見せにならないものですから、お客はみな立派《りっぱ》そうなお医者ばかりでしたのに、一人として奥さまのお具合《ぐあ》いの悪いのを見抜《みぬ》けなかったようでした。

静かな春のある朝、その朝は、さいわい一人も泊《とま》り客はございませんでしたので、私はのんびり井戸端《いどばた》でお洗濯《せんたく》をしていますと、奥さまは、ふらふらとお庭《にわ》へはだしで降りて行

かれて、そうして山吹《やまぶき》の花の咲いている垣《かき》のところにしゃがみ、かなりの血をお吐きになりました。私は大声を挙《あ》げて井戸端から走って行き、うしろから抱いて、かつぐようにしてお部屋《へや》へ運び、しずかに寝かせて、それから私は泣きながら奥さまに言いました。

「だから、それだから私は、お客が大きらいだったのです。こうなったらもう、あのお客たちがお医者なんだから、もとのとおりのからだにして返してもらわなければ、私は承知できません。」

「だめよ、そんなことをお客さまたちに言ったら。お客さまたちは責任を感じて、しょげてしまいますから。」

「だって、こんなにからだが悪くなって、奥さまは、これからどうなさるおつもり？　やはり、起きてお客の御接待《ごせったい》をなさるのですか？　雑魚寝《ざこね》のさいちゅうに血なんか吐いたら、いい見世物《みせもの》ですわよ。」

奥さまは眼《め》をつぶったまま、しばらく考え、

「里《さと》へ、いちど帰ります。ウメちゃんが留守番《るすばん》をしていて、お客さまにお宿《やど》をさせてやって下さい。あの方《かた》たちには、ゆっくりやすむお家《うち》が無いのですから。そうしてね、私の病気のことは知らせないで。」

そうおっしゃって、優《やさ》しく微笑《ほほえ》みました。

お客たちの来ないうちにと、私はその日にもう荷作りをはじめて、それから私もとにかく奥さまの里《さと》の福島までお伴《とも》して行ったほうがよいと考えましたので、切符《きっぷ》を二枚買い入れ、それから三日目、奥さまも、よほど元気になったし、お客の見えないのをさいわい、逃げるように奥さまをせきたて、雨戸《あまど》をしめ、戸じまりをして、玄関に出たら、

南無《なむ》三宝《さんぼう》！＊6

笹島先生、白昼《はくちゅう》から酔《よ》っぱらって看護婦《かんごふ》らしい若い女を二人ひき連れ、

「や、これは、どこかへお出かけ？」

「いいんですの、かまいません。ウメちゃん、すみません客間の雨戸をあけて。どうぞ、先生、おあがりになって。かまわないんですの。」

泣くような笑うような不思議な声を挙《あ》げて、若い女のひとたちにも挨拶《あいさつ》して、またもくるくるコマ鼠《ねずみ》のごとく接待《せったい》の狂奔《きょうほん》がはじまりまして、私がお使いに出されて、奥さまからあわてて財布《さいふ》がわりに渡された奥さまの旅行用のハンドバッグを、マーケットでひらいてお金を出そうとした時、奥さまの切符が、二つに引き裂《さ》かれているのを見て驚き、これはもうあの玄関で笹島先生と逢《あ》ったとたんに、奥さまが、そっと引き裂いたのに違いないと思ったら、奥さまの底知れぬ優《やさ》しさに呆然《ぼうぜん》となるとともに、人間というものは、他の動物と何かまるでちがった貴《とうと》いものを持っているということを生まれてはじめて知らされたよ

うな気がして、私も帯の間から私の切符を取り出し、そっと二つに引き裂いて、そのマーケットから、もっと何かごちそうを買って帰ろうと、さらにマーケットの中を物色《ぶっしょく》しつづけたのでした。

（一九四八年一月）

グッド・バイ

変心（一）

文壇《ぶんだん》の、ある老大家《ろうたいか》が亡《な》くなって、その告別式《こくべつしき》の終わりごろから、雨が降りはじめた。早春《そうしゅん》の雨である。

その帰り、二人の男が相合傘《あいあいがさ》で歩いている。いずれも、その逝去《せいきょ》した老大家には、お義理一ぺん、話題は、女についての、きわめて不きんしんなこと。紋服《もんぷく》*1の初老の大男は、文士《ぶんし》*2。それよりずっと若いロイド眼鏡《めがね》*3、縞《しま》ズボンの好男子《こうだんし》は、編集者《へんしゅうしゃ》。

「あいつも、」と文士は言う。「女が好きだったらしいな。お前も、そろそろ年貢《ねんぐ》のおさめ時《どき》じゃねえのか。やつれたぜ。」

「全部、やめるつもりでいるんです。」

その編集者は、顔を赤くして答える。

この文士、ひどく露骨《ろこつ》で、下品な口をきくので、その好男子の編集者はかねが敬遠《けいえん》していたのだが、きょうは自身に傘《かさ》の用意が無かったので、仕方なく、文士の蛇の目傘《じゃのめがさ》*4にいれてもらい、かくは油をしぼられる結果となった。

全部、やめるつもりでいるんです。しかし、それは、まんざら嘘《うそ》でなかった。何かしら、変わって来ていたのである。終戦以来、三年経《た》って、どこやら、変わった。三十四歳、雑誌「オベリスク」編集長、田島周二《たじましゅうじ》、言葉に少し関西なまりがあるようだが、自身の出生《しゅっしょう》については、ほとんど語らぬ。もともと、抜け目のない男で、「オベリスク」の編集は世間へのお体裁《ていさい》、実は闇《やみ》商売のお手伝いして、いつも、しこたま、もうけている。けれども、悪銭《あくせん》身につかぬ例《たと》えのとおり、酒はそれこそ、浴《あ》びるほど飲み、愛人を十人ちかく養《やしな》っているという噂《うわさ》。

かれは、しかし、独身《どくしん》ではない。独身どころか、いまの細君《さいくん》は後妻《ごさい》である。先妻《せんさい》は、白痴《はくち》の女児《じょじ》ひとりを残して、肺炎《はいえん》で死に、それから彼は、東京の家を売り、埼玉県の友人の家に疎開《そかい》し、疎開中に、いまの細君をものにして結婚した。細君のほうは、もちろん初婚《しょこん》で、その実家は、かなり内福《ないふく》*5の農家である。

終戦になり、細君と女児を、細君のその実家にあずけ、かれは単身、東京に乗り込み、郊外《こうがい》のアパートの一部屋《ひとへや》を借り、そこはもうただ、寝るだけのところ、抜け目なく四方八方を飛び歩いて、しこたま、もうけた。

けれども、それから三年経《た》ち、何だか気持ちが変わって来た。世の中が、何かしら微妙《びみょう》に変わって来たせいか、または、彼のからだが、日ごろの不節制《ふせっせい》のために最近めっきり痩《や》せ細って来たせいか、いや、いや、単に「とし」のせいか、色即是空《しきそくぜくう》*6、酒もつまらぬ、小さい家を一軒《けん》買い、田舎《いなか》から女房《にょうぼう》子供を呼び寄せて、……という里心《さとごころ》に似《に》たものが、ふいと胸をかすめて通ることが多くなった。

もう、この辺で、闇《やみ》商売からも足を洗い、雑誌の編集に専念《せんねん》しよう。それについて、……。

それについて、さし当たっての難関《なんかん》。まず、女たちと上手《じょうず》に別れなければならぬ。思いがそこに到《いた》ると、さすが、抜け目のない彼も、途方《とほう》にくれて、溜息《ためいき》が出るのだ。

「全部、やめるつもり、……」大男の文士は口をゆがめて苦笑《くしょう》し、「それは結構《けっこう》だが、いったい、お前には、女が幾人《いくにん》あるんだい？」

変心（二）

田島は、泣きべその顔になる。思えば、思うほど、自分ひとりの力では、到底《とうてい》、処理のしようがない。金ですむことなら、わけないけれども、女たちが、それだけで引き下がるようにも思えない。

「いま考えると、まるで僕《ぼく》は狂っていたみたいなんですよ。とんでもなく、手をひろげすぎて、……」

この初老の不良文士《ぶんし》にすべて打ち明け、相談してみようかしらと、ふと思う。

「案外《あんがい》、殊勝《しゅしょう》なことを言いやがる。もっとも、多情《たじょう》な奴《やつ》に限って奇妙《きみょう》にいやらしいくらい道徳におびえて、そこがまた、女に好かれる所以《ゆえん》でもあるのだがね。男ぶりがよくて、金があって、若くて、おまけに道徳的で優《やさ》しいと来たら、そりゃ、もてるよ。当たり前の話だ。お前のほうでやめるつもりでも、先方《せんぽう》が承知しないぜ、これは。」

「そこなんです。」

ハンケチで顔を拭《ふ》く。

「泣いてるんじゃねえだろうな。」

「いいえ、雨で眼鏡《めがね》の玉が曇《くも》って、……」

「いや、その声は泣いてる声だ。とんだ色男さ。」

闇《やみ》商売の手伝いをして、道徳的も無いものだが、その文士の指摘《してき》したように、田島という男は、多情のくせに、また女にへんに律儀《りちぎ》な一面も持っていて、女たちは、それゆえ、少しも心配せずに田島に深くたよっているらしい様子。

「何か、いい工夫《くふう》が無いものでしょうか。」

「無いね。お前が五、六年、外国にでも行って来たらいいだろうが、しかし、いまは簡単に洋行《ようこう》なんか出来ない。いっそ、その女たちを全部、一室に呼び集め、蛍《ほたる》の光でも歌わせて、いや、仰《あお》げば尊《とうと》し、のほうがいいかな、お前が一人々々に卒業証書を授与してね、それからお前は、発狂の真似《まね》をして、まっぱだかで表に飛び出し、逃げる。これなら、たしかだ。女たちも、さすがに呆《あき》れて、あきらめるだろうさ。」

まるで相談にも何もならぬ。

「失礼します。僕は、あの、ここから電車で、……」

「まあ、いいじゃないか。つぎの停留場《ていりゅうじょう》まで歩こう。何せ、これは、お前にとって重大問題だろうからな。二人で、対策《たいさく》を研究してみようじゃないか。」

文士は、その日、退屈《たいくつ》していたものと見えて、なかなか田島を放さぬ。

「いいえ、もう、僕ひとりで、何とか、……」

「いや、いや、お前ひとりでは解決できない。まさか、お前、死ぬ気じゃないだろうな。実に、心配になって来た。女に惚《ほ》れられて、死ぬというのは、これは悲劇《ひげき》じゃない、喜劇《きげき》だ。いや、ファース（茶番《ちゃばん》*7）というものだ。滑稽《こっけい》の極《きわみ》だね。誰《だれ》も同情しやしない。死ぬのはやめたほうがよい。うむ、名案《めいあん》。すごい美人を、どこからか見つけて来てね、そのひとに事情を話し、お前の女房《にょうぼう》という形になってもらって、それを連れて、お前のその女たち一人々々を歴訪《れきほう》する。効果《こうか》てきめん。女たちは、皆《みな》だまって引き下がる。どうだ、やってみないか。」

おぼれる者のワラ。田島は少し気が動いた。

行進（二）

田島は、やってみる気になった。しかし、ここにも難関《なんかん》がある。

すごい美人。醜《みにく》くてすごい女なら、電車の停留場《ていりゅうじょう》の一区間を歩く度毎《たびごと》に、三十人くらいは発見できるが、すごいほど美しい、という女は、伝説以外に存在しているものかどうか、疑《うたが》わしい。

もともと田島は器量自慢《きりょうじまん》、おしゃれで虚栄心《きょえいしん》が強いので、不美人と一緒《いっしょ》に歩くと、にわかに腹痛《ふくつう》を覚えると称してこれを避《さ》け、かれの現在のいわゆる愛人たちも、それぞれかなりの美人ばかりではあったが、しかし、すごいほどの美人、というほどのものは無いようであった。

あの雨の日に、初老の不良文士《ぶんし》の口から出まかせの「秘訣《ひけつ》」をさずけられ、何のばからしいと内心《ないしん》一応は反撥《はんぱつ》してみたものの、しかし、自分にも、ちっとも名案《めいあん》らしいものは浮かばない。

まず、試《こころ》みよ。ひょっとしたらどこかの人生の片すみに、そんなすごい美人がころがっているかもしれない。眼鏡《めがね》の奥のかれの眼《め》は、にわかにキョロキョロいやらしく動きはじめる。

ダンス・ホール。喫茶店《きっさてん》。待合《まちあい》。*8いない、いない。醜《みにく》くてすごいものばかり。オフィス、デパート、工場、映画館、はだかレヴュウ。*9いるはずが無い。女子大の校庭のあさましい垣《かき》のぞきをしたり、ミス何とかの美人競争の会場にかけつけたり、映画のニューフェースとやらの試験場*10に見学と称してまぎれ込んだり、やたらと歩き廻《まわ》ってみたが、いない。

獲物《えもの》は帰り道にあらわれる。

かれはもう、絶望《ぜつぼう》しかけて、夕暮《ゆうぐれ》の新宿駅《しんじゅく》裏《うら》の闇市《やみいち》をすこぶる憂鬱《ゆううつ》な顔をして歩いていた。彼のいわゆる愛人たちのところを訪問《ほうもん》してみる気も起こらぬ。思い出すさえ、ぞっとする。別れなければならぬ。

「田島さん!」

出し抜けに背後から呼ばれて、飛び上がらんばかりに、ぎょっとした。

「ええっと、どなただったかな?」

「あら、いやだ。」

声が悪い。鴉声《からすごえ》というやつだ。

「へえ?」

と見直した。まさに、お見それ申したわけであった。

彼は、その女を知っていた。闇屋《やみや》、いや、かつぎ屋である。彼はこの女と、ほんの二、三度、闇の物資の取引きをしたことがあるだけだが、しかし、この女の鴉声《からすごえ》と、それから、おどろくべき怪力《かいりき》によって、この女を記憶している。やせた女ではあるが、十貫《かん》[*11]は楽に背負う。さかなくさくて、ドロドロのものを着て、モンペ[*12]にゴム長《なが》、男だか女だか、わけがわからず、ほとんど乞食《こじき》の感じで、おしゃれの彼は、その女と取引きしたあとで、いそいで手を洗ったくらいであった。

とんでもないシンデレラ姫。洋装《ようそう》の好みも高雅《こうが》。からだが、ほっそりして、手足が可憐《かれん》に小さく、二十三、四、いや、五、六、顔は愁《うれ》いを含《ふく》んで、梨《なし》の花のごとく幽《かす》かに青く、まさしく高貴、すごい美人、これがあの十貫を楽に背負うかつぎ屋とは。

声の悪いのは、傷だが、それは沈黙《ちんもく》を固く守らせておればいい。

使える。

行進（二）

馬子《まご》にも衣裳《いしょう》というが、ことに女は、その装《よそお》い一つで、何が何やらわけのわからぬくらいに変わる。元来《がんらい》、化《ば》け物《もの》なのかもしれない。しかし、この女（永井《ながい》キヌ子という）のように、こんなに見事《みごと》に変身できる女も珍《めずら》しい。

「さては、相当ため込んだね。いやに、りゅうとしてるじゃないか。」

「あら、いやだ。」

どうも、声が悪い。高貴性も何も、一ぺんに吹き飛ぶ。

「君に、たのみたいことがあるのだがね。」

「あなたは、ケチで値切ってばかりいるから、……」

「いや、商売の話じゃない。ぼくはもう、そろそろ足を洗うつもりでいるんだ。君は、まだ相変わらず、かついでいるのか。」

「あたりまえよ。かつがなきゃおまんまが食べられませんからね。」

言うことが、いちいちゲスである。

「でも、そんな身なりでもないじゃないか。」

「そりゃ、女性ですもの。たまには、着飾《きかざ》って映画も見たいわ。」

「きょうは、映画か？」

「そう。もう見て来たの。あれ、何ていったかしら、アシクリゲ、……」

「膝栗毛《ひざくりげ》だろう。ひとりでかい？」

「あら、いやだ。男なんて、おかしくって。」

「そこを見込んで、頼《たの》みがあるんだ。一時間、いや、三十分でいい、顔を貸してくれ。」

「いい話？」

「君に損《そん》はかけない。」

二人ならんで歩いていると、すれ違うひとの十人のうち、八人は、振りかえって、見る。田島を見るのではなく、キヌ子を見るのだ。さすが好男子《こうだんし》の田島も、それこそすごいほどのキヌ子の気品に押されて、ゴミっぽく、貧弱《ひんじゃく》に見える。

田島はなじみの闇《やみ》の料理屋へキヌ子を案内《あんない》する。

「ここ、何か、自慢《じまん》の料理でもあるの？」

「そうだな、トンカツが自慢らしいよ。」

「いただくわ。私、おなかが空《す》いてるの。それから、何が出来るの？」

「たいてい出来るだろうけど、いったい、どんなものを食べたいんだい。」

「ここの自慢のもの。トンカツのほかに何かないの？」

「ここのトンカツは、大きいよ。」

「ケチねえ。あなたは、だめ。私奥へ行って聞いて来るわ。」

怪力《かいりき》、大食い、これが、しかし、まったくのすごい美人なのだ。取り逃がしてはならぬ。

田島はウイスキイを飲み、キヌ子のいくらでもいくらでも澄《す》まして食べるのを、すこぶるいまいましい気持ちでながめながら、彼のいわゆる頼《たの》み事《ごと》について語った。キヌ子は、ただ食べながら、聞いているのか、いないのか、ほとんど彼の物語りには興味《きょうみ》を覚えぬ様子であった。

「引き受けてくれるね?」

「バカだわ、あなたは。まるでなってやしないじゃないの。」

行進(三)

田島は敵の意外の鋭鋒《えいほう》にたじろぎながらも、

「そうさ、まったくなってやしないから、君にこうして頼《たの》むんだ。往生《おうじょう》しているんだよ。」

「何もそんな、めんどうなことをしなくても、いやになったら、ふっとそれっきりあわなければいいじゃないの。」

「そんな乱暴《らんぼう》なことは出来ない。相手の人たちだって、これから、結婚するかもしれないし、また、新しい愛人をつくるかもしれない。相手のひとたちの気持ちをちゃんときめさせるようにするのが、男の責任さ。」

「ぷ！　とんだ責任だ。別れ話だの何だのと言って、またイチャつきたいのでしょう？　ほんとに助平《すけべい》そうなツラをしている。」

「おいおい、あまり失敬《しっけい》なことを言ったら怒るぜ。失敬にも程度があるよ。食ってばかりいるじゃないか。」

「キントンが出来ないかしら。」

「まだ、何か食う気かい？　胃拡張《いかくちょう》とちがうか。病気だぜ、君は。いちど医者に見てもらったらどうだい。さっきから、ずいぶん食ったぜ。もういい加減《かげん》によせ。」

「ケチねえ、あなたは。女は、たいてい、これくらい食うの普通だわよ。もうたくさん、なんて断っているお嬢《じょう》さんや何か、あれは、ただ、色気《いろけ》があるから体裁《ていさい》をとりつくろっているだけなのよ。私なら、いくらでも、食べられるわよ。」

「いや、もういいだろう。ここの店は、あまり安くないんだよ。君は、いつも、こんなにたくさん食べるのかね。」

「じょうだんじゃない。ひとのごちそうになる時だけよ。」

「それじゃね、これから、いくらでも君に食べさせるから、ぼくの頼《たの》み事《ごと》も聞いてくれ。」

「でも、私の仕事を休まなければならないんだから、損《そん》よ。」

「それは別に支払う。君のれいの商売で、儲《もう》けるぶんくらいは、その都度《つど》きちんと支払う。」

「ただ、あなたについて歩いていたら、いいの？」

「まあ、そうだ。ただし、条件が二つある。よその女のひとの前では一言《ひとこと》も、ものを言ってくれるな。たのむぜ。笑ったり、うなずいたり、首を振ったり、まあ、せいぜいそれくらいのところにしていただく。もう一つは、ひとの前で、ものを食べないこと。ぼくと二人きりになったら、そりゃ、いくら食べてもかまわないけど、ひとの前では、まずお茶一ぱいくらいのところにしてもらいたい。」

「その他、お金もくれるんでしょう？　あなたは、ケチで、ごまかすから。」

「心配するな。ぼくだって、いま一生懸命《けんめい》なんだ。これが失敗したら、身の破滅《はめつ》さ。」

「フクスイの陣《じん》って、とこね。」

「フクスイ？　バカ野郎、ハイスイ（背水）の陣だよ。」

「あら、そう？」

けろりとしている。田島は、いよいよ、にがにがしくなるばかり。しかし、美しい。りんとして、この世のものとも思えぬ気品がある。

トンカツ。鶏のコロッケ。マグロの刺身《さしみ》。イカの刺身。支那《しな》そば。ウナギ。よせなべ。牛の串焼《くしやき》。にぎりずしの盛合せ。海老《えび》サラダ。イチゴミルク。

その上、キントンを所望《しょもう》とは。まさか女は誰《だれ》でも、こんなに食うまい。いや、それとも？

行進（四）

キヌ子のアパートは、世田谷《せたがや》方面にあって、朝はれいの、かつぎの商売に出るので、午後二時以後なら、たいていひまだという。田島は、そこへ、一週間にいちどくらい、みなの都合のいいような日に、電話をかけて連絡をして、そうしてどこかで落ち合せ、二人そろって別離《べつり》の相手の女のところへ向かって行進することをキヌ子と約《やく》す。

そうして、数日後、二人の行進は、日本橋《にほんばし》のあるデパート内の美容室に向かって開始せられることになる。

おしゃれな田島は、一昨年の冬、ふらりとこの美容室に立ち寄って、パーマネントをしてもらったことがある。そこの「先生」は、青木さんといって三十歳前後の、いわゆる戦争未亡人《みぼうじん》である。ひっかけるなどというのではなく、むしろ女のほうから田島について来たような形であった。青木さんは、そのデパートの築地《つきじ》の寮《りょう》から日本橋のお店にかよっているのであるが、収入は、女ひとりの生活にやっとというところ。そこで、田島はその生活費の補助《ほじょ》をするということになり、いまでは、築地の寮でも、田島と青木さんとの仲は公認《こうにん》せられている。

けれども、田島は、青木さんの働いている日本橋のお店に顔を出すことはめったにない。田島のごときあか抜けた好男子《こうだんし》の出没《しゅつぼつ》は、やはり彼女の営業を妨《さまた》げるに違いないと、田島自身が考えているのである。

それが、いきなり、すごい美人を連れて、彼女のお店にあらわれる。

「こんちは。」というあいさつさえも、よそよそしく、「きょうは女房《にょうぼう》を連れて来ました。疎開先《そかいさき》から、こんど呼び寄せたのです。」

それだけで十分《じゅうぶん》。青木さんも、目もと涼《すず》しく、肌《はだ》が白くやわらかで、愚《おろ》かしいところの無いかなりの美人ではあったが、キヌ子と並《なら》べると、まるで銀の靴《くつ》と兵隊靴くらいの差があるように思われた。

二人の美人は、無言で挨拶《あいさつ》を交《かわ》した。青木さんは、既《すで》に卑屈《ひくつ》な泣きべそみたいな顔になっている。もはや、勝敗の数は明らかであった。

前にも言ったように、田島は女に対して律儀《りちぎ》な一面も持っていて、いまだ女に、自分が独身《どくしん》だなどとウソをついたことが無い。田舎《いなか》に妻子《さいし》を疎開《そかい》させてあるということは、はじめから皆《みな》に打ち明けてある。それが、いよいよ夫の許《もと》に帰って来た。しかも、その奥さんたるや、若くて、高貴で、教養のゆたからしい絶世《ぜっせい》の美人。

さすがの青木さんも、泣きべそ以外、てが無かった。

「女房《にょうぼう》の髪をね、一つ、いじってやって下さい。」と田島は調子に乗り、完全にとどめを刺そうとする。「銀座《ぎんざ》にも、どこにも、あなたほどの腕前《うでまえ》のひとは無いってうわさですからね。」

それは、しかし、あながちお世辞《せじ》でもなかった。事実、すばらしく腕のいい美容師であった。

キヌ子は鏡に向かって腰をおろす。

青木さんは、キヌ子に白い肩掛けを当て、キヌ子の髪をときはじめ、その眼《め》には、涙が、いまにもあふれ出るほど一ぱい。

キヌ子は平然。

かえって、田島は席をはずした。

行進（五）

セットの終わったころ、田島は、そっとまた美容室にはいって来て、一すん[*13]くらいの厚さの紙幣《しへい》のたばを、美容師の白い上衣《うわぎ》のポケットに滑《すべ》りこませ、ほとんど祈るような気持ちで、

「グッド・バイ。」

とささやき、その声が自分でも意外に思ったくらい、いたわるような、あやまるような、優《やさ》しい、哀調《あいちょう》に似《に》たものを帯《お》びていた。

キヌ子は無言《むごん》で立ち上がる。青木さんも無言で、キヌ子のスカートなど直してやる。田島は、一足さきに外に飛び出す。

ああ、別離《べつり》は、くるしい。

キヌ子は無表情で、あとからやって来て、

「そんなに、うまくもないいじゃないの。」

「何が?」

「パーマ。」

バカ野郎! とキヌ子を怒鳴ってやりたくなったが、しかし、デパートの中なので、こらえた。青木という女は、他人の悪口《わるくち》など決して言わなかった。お金もほしがらなかったし、よく洗濯《せんたく》もしてくれた。

「これで、もう、おしまい?」

「そう。」

田島は、ただもう、やたらにわびしい。

「あんなことで、もう、わかれてしまうなんて、あの子も、意久地《いくじ》が無いね。ちょっと、べっぴんさんじゃないか。あのくらいの器量《きりよう》なら、……」

「やめろ！　あの子だなんて、失敬《しつけい》な呼び方は、よしてくれ。おとなしいひとなんだよ、あのひとは。君なんかとは、違うんだ。とにかく、黙《だま》っていてくれ。君のその鴉《からす》の声みたいなのを聞いていると、気が狂いそうになる。」

「おやおや、おそれいりまめ。」

わあ！　何というゲスな駄《だ》じゃれ。まったく、田島は気が狂いそう。

田島は妙《みよう》な虚栄心《きよえいしん》から、女と一緒《いつしよ》に歩く時には、彼の財布《さいふ》を前もって女に手渡し、もっぱら女に支払わせて、彼自身はまるで勘定《かんじよう》などに無関心のような、おうようの態度を装《よそお》うのである。しかし、いままで、どの女も、彼に無断で勝手な買い物などはしなかった。

けれども、おそれいりまめ女史《じよし》は、平気でそれをやった。デパートには、いくらでも高価なものがある。堂々と、ためらわず、いわゆる高級品を選び出し、しかも、それは不思議なくらい優雅《ゆうが》で、趣味《しゆみ》のよい品物ばかりである。

「いい加減《かげん》に、やめてくれねえかなあ。」

「ケチねえ。」

「これから、また何か、食うんだろう？」

「そうね、きょうは、我慢《がまん》してあげるわ。」

「財布《さいふ》をかえしてくれ。これからは、五千円以上、使ってはならん。」

いまは、虚栄《きょえい》もクソもあったものでない。

「そんなには、使わないわ。」

「いや、使った。あとでぼくが残金を調べてみれば、わかる。一万円以上は、たしかに使った。こないだの料理だって安くなかったんだぜ。」

「そんなら、よしたら、どう？　私だって何も、すき好《この》んで、あなたについて歩いているんじゃないわよ。」

脅迫《きょうはく》にちかい。

田島は、ため息をつくばかり。

怪力（一）

しかし、田島だって、もともとただものではないのである。闇《やみ》商売の手伝いをして、一《いっ》挙《きょ》に数十万は楽にもうけるという、いわば目から鼻に抜けるほどの才物《さいぶつ》であった。

キヌ子にさんざんムダ使いされて、黙《だま》って海容《かいよう》[*14]の美徳を示しているなんて、とてもそんなことの出来る性格ではなかった。何か、それ相当のお返しをいただかなければ、どうしたって、気がすまない。

あんちきしょう！　生意気《なまいき》だ。ものにしてやれ。

別離《べつり》の行進は、それから後のことだ。まず、あいつを完全に征服《せいふく》し、あいつを遠慮深《えんりよぶか》くて従順で質素《しっそ》で小食の女に変化させ、しかるのちにまた行進を続行する。いまのままだと、とにかく金がかかって、行進の続行が不可能だ。

勝負の秘訣《ひけつ》。敵をして近づかしむべからず、敵に近づくべし。

彼は、電話の番号帳により、キヌ子のアパートの所番地《ところばんち》を調べ、ウイスキイ一本とピイナツを二袋《ふたふくろ》だけ買い求め、腹がへったらキヌ子に何かおごらせてやろうという下心《したごころ》、そうしてウイスキイをがぶがぶ飲んで、酔《よ》いつぶれたふりをして寝てしまえば、あとは、こっちのものだ。だいいち、ひどく安上がりである。部屋代《へやだい》も要《い》らない。

女に対して常に自信満々の田島ともあろう者が、こんな乱暴《らんぼう》な恥《はじ》知らずの、エゲツない攻略《こうりやく》の仕方を考えつくとは、よっぽど、かれ、どうかしている。あまりに、キヌ子にむだ使いされたので、狂うような気持ちになっているのかもしれない。色欲《しきよく》のつつしむべきも、さることながら、人間あんまり金銭《きんせん》に意地汚《いじきたな》くこだわり、モトを取ることばかりあせっていても、これもまた、結果がどうもよくないようだ。

田島は、キヌ子を憎《にく》むあまりに、ほとんど人間ばなれのしたケチな卑《いや》しい計画を立て、果たして、死ぬほどの大難《だいなん》に逢《あ》うに到《いた》った。

夕方、田島は、世田谷《せたがや》のキヌ子のアパートを捜《さが》し当てた。古い木造の陰気《いんき》くさい二階建てのアパートである。キヌ子の部屋は、階段をのぼってすぐ突き当たりにあった。

ノックする。

「だれ?」

中から、れいの鴉声《からすごえ》。

ドアをあけて、田島はおどろき、立ちすくむ。

乱雑《らんざつ》。悪臭《あくしゅう》。

ああ、荒涼《こうりょう》。四畳半《よじょうはん》。その畳《たたみ》の表は真っ黒く光り、波のごとく高低があり、縁《へり》なんてその痕跡《こんせき》をさえとどめていない。部屋《へや》一ぱいに、れいのかつぎの商売道具らしい石油かんやら、りんご箱《ばこ》やら、一升《いっしょう》ビンやら、何だか風呂敷《ふろしき》に包《つつ》んだものやら、鳥かごのようなものやら、紙くずやら、ほとんど足の踏み場も無いくらいに、ぬらついて散《ち》らばっている。

「なんだ、あなたか。なぜ、来たの?」

そのまた、キヌ子の服装たるや、数年前に見た時の、あの乞食姿《こじきすがた》、ドロドロによごれたモンペをはき、まったく、男か女か、わからないような感じ。

部屋の壁《かべ》には、無尽《むじん》会社*15の宣伝《せんでん》ポスター、たった一枚、他にはどこを見ても装飾《そうしょく》らしいものがない。カーテンさえ無い。これが、二十五、六の娘の部屋か。小さい電球が一つ暗くともって、ただ荒涼《こうりょう》。

怪力（二）

「あそびに来たのだけどね、」と田島は、むしろ恐怖におそわれ、キヌ子同様の鴉声《からすごえ》になり、「でも、また出直して来てもいいんだよ。」

「何か、こんたんがあるんだわ。むだには歩かないひとなんだから。」

「いや、きょうは、本当に、……」

「もっと、さっぱりなさいよ。あなた、少しニヤケ過ぎてよ。」

それにしても、ひどい部屋《へや》だ。

ここで、あのウイスキイを飲まなければならぬのか。ああ、もっと安いウイスキイを買って来るべきであった。

「ニヤケているんじゃない。キレイというものなんだ。君は、きょうはまた、きたな過ぎるじゃないか。」

にがり切って言った。

「きょうはね、ちょっと重いものを背負ったから、少し疲《つか》れて、いままで昼寝をしていたの。ああ、そう、いいものがある。お部屋《へや》へあがったらどう？　割《わり》に安いのよ。」

どうやら商売の話らしい。もうけ口《ぐち》なら、部屋の汚《きたな》さなど問題でない。田島は、靴《くつ》を脱《ぬ》ぎ、畳《たたみ》の比較的無難《ぶなん》なところを選んで、外套《がいとう》のままあぐらをかいて坐《すわ》る。

「あなた、カラスミ[*16]なんか、好きでしょう？　酒飲みだから。」

「大好物だ。ここにあるのかい？　ごちそうになろう。」

「冗談《じょうだん》じゃない。お出しなさい。」

キヌ子は、おくめんもなく、右の手のひらを田島の鼻先に突き出す。

田島は、うんざりしたように口をゆがめて、

「君のする事なす事を見ていると、まったく、人生がはかなくなるよ。その手は、ひっこめてくれ。カラスミなんて、要《い》らねえや。あれは、馬が食うもんだ。」

「安くしてあげるったら、ばかねえ。おいしいのよ、本場《ほんば》ものだから。じたばたしないで、お出し。」

からだをゆすって、手のひらを引っ込めそうもない。

不幸にして、田島は、カラスミが実にまったく大好物、ウイスキイのさかなに、あれが

あると、もう何も要《い》らん。

「少し、もらおうか。」

田島はいまいましそうに、キヌ子の手のひらに、大きい紙幣《しへい》を三枚、載《の》せてやる。

「もう四枚。」

キヌ子は平然という。

田島はおどろき、

「バカ野郎、いい加減《かげん》にしろ。」

「ケチねえ、一《ひと》ハラ気前よく買いなさい。鰹節《かつおぶし》を半分に切って買うみたい。ケチねえ。」

「よし、一ハラ買う。」

さすが、ニヤケ男の田島も、ここに到《いた》って、しんから怒り、

「そら、一枚、二枚、三枚、四枚。これでいいだろう。手をひっこめろ。君みたいな恥知《はじ》らずを産んだ親の顔が見たいや。」

「私も見たいわ。そうして、ぶってやりたいわ。捨《す》てりゃ、ネギでも、しおれて枯《か》れる、ってさ。」

「なんだ、身の上話はつまらん。コップを借《か》してくれ。これから、ウイスキイとカラスミだ。うん、ピイナツもある。これは、君にあげる。」

怪力（三）

田島は、ウイスキイを大きいコップで、ぐい、ぐい、と二挙動《きょどう》で飲みほす。きょうこそは、何とかしてキヌ子におごらせてやろうという下心《したごころ》で来たのに、逆にいわゆる「本場《ほんば》もの」のおそろしく高いカラスミを買わされ、しかも、キヌ子は惜《お》しげもなくその一《ひと》ハラのカラスミを全部、あっと思うまもなくざくざく切ってしまって汚《きたな》いドンブリに山盛りにして、それに代用味《あじ》の素《もと》をどっさり振りかけ、

「召《め》し上がれ。味の素は、サーヴィスよ。気にしなくたっていいわよ。」

カラスミ、こんなにたくさん、とても食べられるものでない。それにまた、味の素を振りかけるとは滅茶苦茶《めちゃくちゃ》だ。田島は悲痛《ひつう》な顔つきになる。七枚の紙幣《しへい》をろうそくの火でもやしたって、これほど痛烈《つうれつ》な損失《そんしつ》感を覚えないだろう。実に、ムダだ。意味無い。

山盛りの底のほうの、代用味の素の振りかかっていない一片《いっぺん》のカラスミを、田島は、泣きたいような気持ちで、つまみ上げて食べながら、

「君は、自分でお料理したことある？」

と今は、おっかなびっくりで尋《たず》ねる。

「やれば出来るわよ。めんどうくさいからしないだけ。」

「お洗濯《せんたく》は？」

「バカにしないでよ。私は、どっちかと言えば、きれいずきなほうだわ。」

「きれいずき？」

田島はぼう然と、荒涼《こうりょう》、悪臭《あくしゅう》の部屋《へや》を見廻《みまわ》す。

「この部屋は、もとから汚《きたな》くて、手がつけられないのよ。それに私の商売が商売だから、どうしたって、部屋の中がちらかってね。見せましょうか、押入《おしい》れの中を。」

立って押入れを、さっとあけて見せる。

田島は眼《め》をみはる。

清潔《せいけつ》、整然、金色の光を放ち、ふくいくたる*17香気《こうき》が発するくらい。タンス、鏡台《きょうだい》、トランク、下駄箱《げたばこ》の上には、可憐《かれん》に小さい靴《くつ》が三足、つまりその押入れこそ、鴉声《からすごえ》のシンデレラ姫の、秘密の楽屋《がくや》であったわけである。

すぐにまた、ぴしゃりと押入れをしめて、キヌ子は、田島から少し離《はな》れて居汚《いぎたな》く坐《すわ》り、

「おしゃれなんか、一週間にいちどくらいでたくさん。べつに男に好かれようとも思わないし、ふだん着《ぎ》は、これくらいで、ちょうどいいのよ。」

「でも、そのモンペは、ひどすぎるんじゃないか？　非衛生《ひえいせい》的だ。」

「なぜ?」

「くさい。」

「上品ぶったって、ダメよ。あなただって、いつも酒くさいじゃないの。いやな、におい。」

「くさい仲《なか》、というものさね。」

酔《よ》うにつれて、荒涼《こうりよう》たる部屋《へや》の有様《ありさま》も、またキヌ子の乞食《こじき》のごとき姿も、あまり気にならなくなり、ひとつこれは、当初のあのプランを実行してみようかという悪心《あくしん》がむらむら起こる。

「ケンカするほど深い仲、ってね。」

とはまた、下手《へた》な口説《くど》きよう。しかし、男は、こんな場合、たとい大人物、大学者と言われているほどのひとでも、かくのごときアホーらしい口説き方をして、しかも案外《あんがい》に成功しているものである。

怪　力（四）

「ピアノが聞こえるね。」

彼は、いよいよキザになる。眼《め》を細めて、遠くのラジオに耳を傾《かたむ》ける。

「あなたにも音楽がわかるの？　音痴《おんち》みたいな顔をしているけど。」

「ばか、僕《ぼく》の音楽通《つう》を知らんな、君は。名曲ならば、一日一ぱいでも聞いていたい。」

「あの曲は、何？」

「ショパン。」

でたらめ。

「へえ？　私は越後獅子《えちごじし》かと思った。」

音痴同志《どうし》のトンチンカンな会話。どうも、気持ちが浮き立たぬので、田島は、すばやく話頭《わとう》を転ずる。

「君も、しかし、いままで誰《だれ》かと恋愛《れんあい》したことは、あるだろうね。」

「ばからしい。あなたみたいな淫乱《いんらん》じゃありませんよ。」

「言葉をつつしんだら、どうだい。ゲスなやつだ。」

急に不快《ふかい》になって、さらにウイスキイをがぶりと飲む。こりゃ、もう駄目《だめ》かもしれない。しかし、ここで敗退しては、色男としての名誉《めいよ》にかかわる。どうしても、ねばって成功しなければならぬ。

「恋愛《れんあい》と淫乱《いんらん》とは、根本《こんぽん》的にちがいますよ。君は、なんにも知らんらしいね。教えてあげましょうかね。」

自分で言って、自分でそのいやらしい口調に寒気《さむけ》を覚えた。これは、いかん。少し時刻《じこく》が早いけど、もう酔《よ》いつぶれたふりをして寝てしまおう。

「ああ、酔った。すきっぱらに飲んだので、ひどく酔った。ちょっとここへ寝かせてもらおうか。」

「だめよ！」

鴉声《からすごえ》が蛮声《ばんせい》*18に変わった。

「ばかにしないで！　見えすいていますよ。泊《とま》りたかったら、五十万、いや百万円お出し。」

すべて、失敗である。

「何も、君、そんなに怒ることはないじゃないか。酔ったから、ここへ、ちょっと、……」

「だめ、だめ、お帰り。」

キヌ子は立って、ドアを開け放す。

田島は窮《きゅう》して、最もぶざまで拙劣《せつれつ》な手段、立っていきなりキヌ子に抱きつこうとした。

グワンと、こぶしで頬《ほお》を殴《なぐ》られ、田島は、ぎゃっという甚《はなは》だ奇怪《きかい》な悲鳴《ひめい》を挙《あ》げた。その

瞬間《しゅんかん》、田島は、十貫《かん》を楽々とかつぐキヌ子のあの怪力《かいりき》を思い出し、慄然《りつぜん》として、

「ゆるしてくれえ。どろぼう！」

とわけのわからぬことを叫《さけ》んで、はだしで廊下《ろうか》に飛び出した。

キヌ子は落ちついて、ドアをしめる。

しばらくして、ドアの外で、

「あのう、僕の靴《くつ》を、すまないけど。……それから、ひものようなものがありましたら、お願いします。眼鏡《めがね》のツルがこわれましたから。」

色男としての歴史において、かつて無かった大屈辱《くつじょく》にはらわたの煮《に》えくりかえるのを覚えつつ、彼はキヌ子から恵《めぐ》まれた赤いテープで、眼鏡をつくろい、その赤いテープを両耳にかけ、

「ありがとう！」

ヤケみたいにわめいて、階段を降り、途中《とちゅう》、階段を踏みはずして、また、ぎゃっと言った。

コールド・ウォー*19（一）

田島は、しかし、永井キヌ子に投《とう》じた資本が、惜《お》しくてならぬ。こんな、割《わり》の合わぬ商売をしたことが無い。何とかして、彼女を利用し活用し、モトをとらなければ、ウソだ。しかし、あの怪力《かいりき》、あの大食い、あの強欲《ごうよく》。

あたたかになり、さまざまの花が咲きはじめたが、田島ひとりは、すこぶる憂鬱《ゆううつ》。あの大失敗の夜から、四、五日経《た》ち、眼鏡《めがね》も新調し、頬《ほお》のはれも引いてから、彼は、とにかくキヌ子のアパートに電話をかけた。ひとつ、思想戦に訴《うった》えてみようと考えたのである。

「もし、もし。田島ですがね、こないだは、酔《よ》っぱらいすぎて、あはははは。」

「女がひとりでいるとね、いろんなことがあるわ。気にしてやしません。」

「いや、僕《ぼく》もあれからいろいろ深く考えましたがね、結局、ですね、僕が女たちと別れて、小さい家を買って、田舎《いなか》から妻子《さいし》を呼び寄せ、幸福な家庭をつくる、ということですね、これは、道徳上、悪いことでしょうか。」

「あなたの言うこと、何だか、わけがわからないけど、男のひとは誰《だれ》でも、お金が、うんとたまると、そんなケチくさいことを考えるようになるらしいわ。」

「それが、だから、悪いことでしょうか。」

「けっこうなことじゃないの。どうも、よっぽどあなたは、ためたな？」

「お金のことばかり言ってないで、……道徳のね、つまり、思想上のね、その問題なんですがね、君はどう考えますか？」

「何も考えないわ。あなたのことなんか。」

「それは、まあ、無論《むろん》そういうものでしょうが、僕はね、これはね、いいことだと思うんです。」

「そんなら、それで、いいじゃないの？　電話を切るわよ。そんな無駄話《むだばなし》は、いや。」

「しかし、僕にとっては、本当に死活《しかつ》の大問題なんです。僕は、道徳は、やはり重んじなけりゃならん、と思っているんです。たすけて下さい、僕を、たすけて下さい。僕は、いいことをしたいんです。」

「へんねえ。また酔《よ》ったふりなんかして、ばかな真似《まね》をしようとしているんじゃないでしょうね。あれは、ごめんですよ。」

「からかっちゃいけません。人間には皆《みな》、善事《ぜんじ》を行おうとする本能がある。」

「電話を切ってもいいんでしょう？　ほかにもう用なんか無いんでしょう？　さっきから、おしっこが出たくて、足踏《あしぶ》みしているのよ。」

「ちょっと待って下さい、ちょっと。一日、三千円でどうです。」

思想戦にわかに変じて金の話になった。

「ごちそうが、つくの？」

「いや、そこを、たすけて下さい。僕もこの頃《ごろ》どうも収入が少なくてね。」

「一本（一万円のこと）でなくちゃ、いや。」

「それじゃ、五千円。そうして下さい。これは、道徳の問題ですからね。」

「おしっこが出たいのよ。もう、かんにんして。」

「五千円で、たのみます。」

「ばかねえ、あなたは。」

くつくつ笑う声が聞こえる。承知の気配《けはい》だ。

コールド・ウォー（二）

こうなったら、とにかく、キヌ子を最大限に利用し活用し、一日五千円を与えるほかは、パン一かけら、水一ぱいも饗応《きょうおう》せず、思い切り酷使《こくし》しなければ、損《そん》だ。温情は大の禁物《きんもつ》、わが身の破滅《はめつ》。

キヌ子に殴《なぐ》られ、ぎゃっという奇妙《きみょう》な悲鳴《ひめい》を挙《あ》げても、田島は、しかし、そのキヌ子の怪力《かいりき》を逆に利用する術《すべ》を発見した。

彼のいわゆる愛人たちの中のひとりに、水原ケイ子という、まだ三十前の、あまり上手《じょうず》でない洋画家がいた。田園調布《でんえんちょうふ》のアパートの二部屋《ふたへや》を借りて、一つは居間《いま》、一つはアトリエに使っていて、田島は、その水原さんがある画家の紹介状を持って、「オベリスク」に、さし画《え》でもカットでも何でも描《か》かせてほしいと顔を赤らめ、おどおどしながら申し出たのを可愛《かわい》く思い、わずかずつ彼女の生計を助けてやることにしたのである。物腰《ものごし》がやわらかで、無口で、そうして、ひどい泣き虫の女であった。けれども、吠《ほ》え狂うような、はしたない泣き方などは決してしない。童女《どうじょ》のような可憐《かれん》な泣き方なので、まんざらでない。

しかし、たった一つ非常な難点《なんてん》があった。彼女には、兄があった。永《なが》く満洲《まんしゅう》で軍隊生活をして、小さい時からの乱暴者《らんぼうもの》の由《よし》で、骨組《ほねぐみ》もなかなか頑丈《がんじょう》の大男らしく、彼は、はじめてその話をケイ子から聞かされた時には、実に、いやあな気持ちがした。どうも、この、恋人《こいびと》の兄の軍曹《ぐんそう》とか伍長《ごちょう》[*20]とかいうものは、ファウスト[*21]の昔から、色男にとって甚《はなは》だ不吉《ふきつ》な存在だということになっている。

その兄が、最近、シベリヤ方面から引揚《ひきあ》げて来て、そうして、ケイ子の居間《いま》に、頑張《がんば》っているらしいのである。

田島は、その兄と顔を合わせるのがイヤなので、ケイ子をどこかへ引っぱり出そうとして、そのアパートに電話をかけたら、いけない、

「自分は、ケイ子の兄でありますが。」

という、いかにも力のありそうな男の強い声。はたして、いたのだ。

「雑誌社のものですけど、水原先生に、ちょっと、画《え》の相談、……」

語尾《ごび》が震《ふる》えている。

「ダメです。風邪《かぜ》をひいて寝ています。仕事は、当分ダメでしょう。」

運が悪い。ケイ子を引っぱり出すことは、まず不可能らしい。

しかし、ただ兄をこわがって、いつまでもケイ子との別離《べつり》をためらっているのは、ケイ子に対しても失礼みたいなものだ。それに、ケイ子が風邪《かぜ》で寝ていて、おまけに引揚者《ひきあげしゃ》の兄が寄宿《きしゅく》しているのでは、お金にも、きっと不自由しているだろう。かえって、いまは、チャンスというものかもしれない。病人に優《やさ》しい見舞《みま》いの言葉をかけ、そうしてお金をそっと差し出す。兵隊の兄も、まさか殴《なぐ》りやしないだろう。あるいは、ケイ子以上に、感激《かんげき》し握手《あくしゅ》など求めるかもしれない。もし万一、自分に乱暴《らんぼう》を働くようだったら、……その時こそ、永井キヌ子の怪力《かいりき》のかげに隠《かく》れるといい。

まさに百パーセントの利用、活用である。

「いいかい？　たぶん大丈夫だと思うけどね、そこに乱暴な男がひとりいてね、もしそいつが腕を振り上げたら、君は軽くこう、取りおさえて下さい。なあに、弱いやつらしいんですがね。」

彼は、めっきりキヌ子に、ていねいな言葉でものを言うようになっていた。

（未完）

【語註】

父

＊1創世記　『旧約聖書』の「創世記」に語られるエピソード。アブラハムとその妻サラが長く不妊に苦しんで、やっと出来た一人息子イサクを神へのささげ物にせよという、アブラハムの信仰が試される逸話。
＊2燔祭　古代ユダヤ教で、いけにえの動物を祭壇で焼き尽くしてささげたこと。
＊3つとに　夙《つと》に。早くから。
＊4佐倉宗吾郎一代記　一九一〇（明治四十三）年公開の白黒映画。佐倉宗吾郎（惣五郎）は、江戸初期に佐倉藩（現在の千葉県佐倉市近辺）に実在した人物で、農民の困窮を救う義民として講談や歌舞伎の材となった。
＊5活動写真　映画の旧称。
＊6饗応　酒や食事などで相手をもてなすこと。また、相手を客分として機嫌を損ねないようにへつらうこと。
＊7七輪　炭で物を焼いたり煮たりする小型の炉の一種。七厘《りん》（一銭《せん》の千分の七）ぶんの炭で事足りることから。
＊8サナトリアム　療養所。高原や海辺など新鮮な空気と日光のある所で、病気を治療するため滞在する施設。
＊9炉辺　囲炉裏《いろり》ばた。家庭生活の楽しさをあらわすとされている場所。
＊10二重廻し　男性の和服用防寒コート。袖なしのゆったりした外套。
＊11淫祠邪教　よこしまな神を祀《まつ》ったほこらとその教え。また、いんちきな宗教。
＊12一斗　約一八リットル。日本酒や米の容量の単位。
＊13小為替　旧制の郵便為替の一種。郵便局の窓口で金額に応じて簡単に交付された。一九五一（昭和二十六）年廃止。
＊14ねんねこ　子供を背負ったまま羽織ることのできる綿入れ、ねんねこ半纏《ばんてん》の略。
＊15牛鍋　鍋に牛肉・野菜・焼き豆腐などを入れ、割下《わりした》で味付けし煮ながら食べる現代のすきやきのようなもの。牛肉を食べることが明治時代に一般化しはじめ普及した。

おさん

＊1兵古帯　男性用または子供用のしごき帯。兵児帯。

＊2大戦争　一九四一（昭和十六）年十二月八日の真珠湾攻撃に始まる第二次世界大戦。戦時中は大東亜戦争と公称された。一九四五年八月十五日終戦。

＊3一合　約一八〇ミリリットル。日本酒や米の容量の単位。一合ちょうどが入る一合徳利《とっくり》など。

＊4ズルチン　合成甘味料の一種。強い甘みをもつが人体への有害性が問題となり、一九六九年に禁止された。

＊5巴里祭　フランス革命記念日の日本での呼び方。ルネ・クレール監督の映画『七月十四日 Quatorze Juillet』（一九三二年）の邦題が『巴里祭』と訳されたことから。一七八九年七月十四日、パリの民衆は政治犯が収容されているバスティーユ監獄を襲撃し占拠、フランス革命の発端とされる。

＊6春こうろうの花の宴　土井晩翠作詞・滝廉太郎作曲「荒城の月」の一節。一番の詞は「春高楼《こうろう》の花の宴　巡る盃《さかずき》　影さして　千代の松が枝《え》分け出《い》でし　昔の光今いずこ」。

＊7孫文　中国の革命家（一八六六〜一九二五）。医師から身を転じ清朝打倒をめざす運動に従事。日本・欧米などに亡命しつつ革命運動を継続、中国国民党と中国共産党の協力体制を望みながら北京で病死した。

＊8泣き上戸　酔っぱらうと涙が出やすくなるたち。

＊9紙治のおさん　「紙治」は紙屋治兵衛の略。近松門左衛門原作の『心中天網島《しんじゅうてんのあみじま》』（一七二〇年初演）が改作され、遊女小春に未練を残す治兵衛に、女房おさんが「女房の懐には鬼がすむか蛇がすむか」とくどく「時雨《しぐれ》の炬燵《こたつ》」の場が有名に。

＊10エキスキュウズ、ミイ　Excuse me. すみません。失礼なことをしたときや、人に話しかけるときに使う。

＊11ドンマイ　Don’t mind. 気にするな。スポーツなどで味方の失敗をはげます掛け声。

饗応夫人

＊1本郷の大学　東京帝国大学（現在の東京都文京区本郷・弥生に位置する東京大学）。
＊2第二国民兵　徴兵検査の基準で、戦力としての期待が薄い丙種《へいしゅ》合格者をこう呼んだ。
＊3駒込　東京都豊島区東部から文京区北部にまたがる地名。
＊4数等　なん倍も。かなり。
＊5インド　アメリカ・インディアナ州から渡来したものを日本で改良したリンゴの一品種。赤い色が淡く、肩の張った左右不均衡な姿が特徴。
＊6南無三宝　驚いたときや失敗したときに思わず発する言葉。「南無」は心から仏に帰依《きえ》していることを表し、「三宝」（仏・法・僧）に呼びかけて救いを願う。「南無三」と略す場合も。

グッド・バイ

＊1紋服　紋所《もんどころ》を染め抜いた衣服。礼装とされる。
＊2文士　文筆を職業とする男性。小説家など。
＊3ロイド眼鏡　フレームが円形で太いめがね。セルロイド（半透明のプラスチック）で出来ていることと、アメリカの喜劇俳優ハロルド・ロイド（一八九三〜一九七一）がかけていたことから。
＊4蛇の目傘　開くと輪状に現れる模様がヘビの目のような紙製雨傘。
＊5内福　暮らし向きが見かけよりも裕福なこと。
＊6色即是空　『般若心経《はんにゃしんぎょう》』の一節。「色」は目に見えるもの、形あるすべてのもの。「空」は実体がなく、むなしいもの。「空即是色」と続き、この世に存在するすべてのものは実体のないことにすぎないが、そのひとつひとつがそのままこの世の全てでもあるということ。
＊7ファース（茶番）　farce。フランス語で、日常的な場面を題材とした滑稽劇。

＊8待合　芸者をあげて客が遊ぶ、待合茶屋の略。
＊9はだかレヴュウ　歌・踊り・コントなどを盛り込んだ舞台に、半裸の女性を目玉に加えた見世物。
＊10ニューフェースとやらの試験場　東宝・東映などの映画会社が、新人俳優発掘のために行なっていたオーディション会場。
＊11十貫　約三七・五キログラム。
＊12モンペ　農山村の作業や労働着に向く、山袴《やまばかま》の一種。第二次大戦中には女性の標準服として普及した。
＊13一すん　一寸。約三・〇三センチメートル。
＊14海容　海のように広く受け容れて、相手の罪や無礼をゆるすこと。
＊15無尽会社　加入者の掛け金を抽選・入札などですべての加入者に順に分配する、互助的な金融組合の会社。中世から行われる庶民金融の方法だが、一九五一年以降ほとんどが相互銀行に転換した。
＊16カラスミ　海水魚ボラの卵巣を塩漬けし、乾燥させた珍味。長崎産が有名。
＊17ふくいく　馥郁《ふくいく》。よい香りの立ちこめるさま。
＊18蛮声　野蛮な感じのする、荒々しい大声。
＊19コールド・ウォー　cold war。冷たい戦争、冷戦。一九四七年以降、米ソ間、東西間の緊迫関係を表す語として根付いた。
＊20軍曹とか伍長とか　陸軍下士官の位。曹長の下に軍曹、その下に伍長。
＊21ファウスト　ドイツの詩人ゲーテの戯曲『ファウスト』二部作。十五世紀頃ドイツに実在した伝説的人物に材をとった大作。第一部（一八〇八年）で、悪魔メフィストフェレスと契約し若返ったファウストが恋に落ちた相手マルガレーテ（通称グレートヒェン）には、軍人の兄ヴァレンティンがおり、妹の婚前交渉に怒った彼とファウストは、決闘することになる。

略年譜

一九〇九（明治42） 六月十九日、青森県北津軽郡金木村の大地主津島源右衛門、母たねの六男・修治として生まれる。

一九二二（大正11） 十三歳 三月、金木第一尋常小学校を首席卒業後、学力補充のため明治高等小学校に通う。

一九二三（大正12） 十四歳 三月、父源右衛門が病死（享年五十二歳）。四月、青森中学校入学。

一九二五（大正14） 十六歳 三月、初めての創作「最後の太閤」を中学校の校友会誌に発表。八月、級友との同人雑誌〈星座〉に戯曲「虚勢」発表、十一月、同人雑誌〈蜃気楼〉創刊。この頃より作家を志す。

一九二七（昭和2） 十八歳 四月、中学四年修了で、官立弘前高等学校入学。七月、芥川龍之介の自殺に衝撃を受ける。九月、芸妓紅子（小山初代）と出会う。

一九二八（昭和3） 十九歳 五月、同人雑誌〈細胞文芸〉を創刊。四号で廃刊する前に井伏鱒二らの寄稿を得る。

一九二九（昭和4） 二十歳 〈弘高新聞〉や県内同人誌に評論、創作を発表。十二月、カルモチン自殺を図る。

一九三〇（昭和5） 二十一歳 四月、東京帝国大学仏文科に入学し上京。五月ごろ井伏鱒二に会い、以後師事。十一月、期末試験前夜に鎌倉で女給田部シメ子と心中未遂、女性のみ死亡。自殺幇助罪に問われたが、起訴猶予となる。左翼運動に働く。

一九三一（昭和6） 二十二歳 二月、五反田で初代との同棲生活が始まる。その後、登校せず左翼運動を続ける。

一九三二（昭和7） 二十三歳 七月、青森警察署に出頭、以後左翼運動からの離脱を誓約。八月「思ひ出」執筆。

一九三三（昭和8） 二十四歳 二月、太宰治の筆名を用いて「列車」を発表。三月、同人誌〈海豹〉に参加。

一九三五（昭和10） 二十六歳 二月、「逆行」発表（芥川賞候補）。大学を落第、就職も失敗し、三月鎌倉山で縊死を図る。四月、急性盲腸炎で入院中、麻薬性鎮痛剤の中毒に。九月、東京帝大除籍。

一九三六（昭和11）**二十七歳**
六月、第一創作集『晩年』刊行。第三回芥川賞落選に打撃を受ける。薬物中毒慢性化で入院。その間、初代が姦通を犯す（翌年発覚、初代と心中未遂ののち離別）。

一九三九（昭和14）**三十歳**
一月、井伏鱒二媒酌で石原美知子と結婚し、生活安定。二月「富嶽百景」、四月「懶惰の歌留多」を発表。また、「黄金風景」が国民新聞社の短編コンクールに当選。

一九四〇（昭和15）**三十一歳**
二月、「駈込み訴え」、五月「走れメロス」、十一月「きりぎりす」など、次々と作品発表。前年刊行の『女生徒』が北村透谷賞の次席となる。

一九四一（昭和16）**三十二歳**
六月、長女園子誕生。七月、長編小説『新ハムレット』刊行。九月、太田静子と出会う。

一九四二（昭和17）**三十三歳**
十二月、生母危篤の知らせに帰郷。同月十日、母たね病死（享年六十九歳）。

一九四四（昭和19）**三十五歳**
八月、長男正樹誕生。十一月、書き下ろし長編『津軽』刊行。

一九四五（昭和20）**三十六歳**
十月、戦後への希望を謳った「パンドラの匣」で、初の新聞連載開始（〜翌年一月）。十月『お伽草紙』刊行。

一九四六（昭和21）**三十七歳**
初めての本格的な戯曲「冬の花火」「春の枯葉」などを発表。

一九四七（昭和22）**三十八歳**
三月、次女里子（津島佑子）誕生。四月「父」発表。このころ山崎富栄と出会う。十月「おさん」発表。十一月、静子との間に女児治子誕生。十二月、『斜陽』を刊行しベストセラーとなるが、このころより不眠症と胸部疾患に悩まされる。

一九四八（昭和23）
衰弱する体に鞭打って執筆を続ける。一月「饗応夫人」、六月「人間失格」を発表。六月十三日、「グッド・バイ」の草稿、遺書数通などを机上に残し、富栄と共に玉川上水に入水。十九日に遺体が発見され、二十一日に告別式。三鷹の禅林寺に埋葬された。享年三十八歳。太宰の命日とされた十九日は、桜桃忌と呼ばれている。

まなざしの先に

木村綾子

太宰治の小説を読んだ、とはじめてしっかり思えたのは、十八歳の春だった。

その年の桜は通年より早く開花していて、まだ冷たさが残る風に揺れる花びらの白さが、やけに眩《まぶ》しかったことを覚えている。なぜなら、本当に見たかったのはそんな景色じゃなかったからだ。志望大学の合格発表当日、見上げた掲示板に私の番号は無かった。

大学から駅までの道中は下を向いて歩いた。誰に見られているわけでもない。落ちたのは私だけでもない。そもそも私がいまどういう状況でここにいるのかを知る人なんていない。それなのに、街や人、音や匂《にお》い、すべてが私以外のために存在していて、ひとりだけが余所者《よそもの》であるような疎外《そがい》感を感じていた。振り返ってみれば小さな挫折《ざせつ》。でも、期待に応《こた》えられなかった人間がその先どう生きていったらいいのか、家族のもとへ、学校へ戻ったとき、かれらにどう接したらいいのか、術《すべ》が分からず絶望していた。

突然、自分がいまどんな顔をしているかを知りたくなった。ふさわしい表情でなければ正さなくちゃ、と思って路地に入った。一軒の陋屋《ろうおく》があった。中は薄暗く、朽ちた木枠のガラス戸を見ると能面のような顔が浮かんでいた。怖くなってドアを引くと、そこは古本屋だった。多くの本の中で、ただ一冊が光って見えた。

それが太宰治の『人間失格』だった。

思えば私もこの主人公と同じだった。自分がどう在りたいかより、周囲にどう見られているか優先で行動していた。幾重《いくえ》にも重ねた「道化」には、いつか暴かれるのではないかという不安がいつも寄り添っていた。その一方で、暴いてくれる人がいたら本当の意味で自分は救われる、生きやすくなるのではないかとも感じていた。主人公を完膚《かんぷ》なきまでに絶望させた作者は、しかし彼を死なせなかった。これが生きていくということだ、と突きつけられた気がして持つ手が震えた。でもその震えは私に希望を与えてくれた。

道化？　虚実の乖離《かいり》？　いいじゃないか。やってやろう。もっと多くの人と出会って、自分や世間を知っていこう。絶望してもまた這《は》い上がってやろうという力がわいた。

あの日からずっと、太宰治を読み続けている。

しかし、太宰好きを公言すると必ずついて回るのが、「ダメな人が好きなの？」という質問だ。性別的に私は女だから、〝太宰好き＝ダメ男好き〟と思われやすいのかもしれない。

結論から言えば、私はダメ男好きではない。そもそも太宰はダメじゃない。太宰作品の中には、一見、どうしようもない人間が登場していることは事実。ただ言えるのは、その表層的な部分のみ読むのは、とてももったいないということだ。太宰のまなざしは、いつだって人間の機微を見逃さない。

「父」「おさん」は、いわゆる家庭持ちの夫が、〝義のために〟、〝革命の十字架にのぼる決心〟でといった文句で自らを赦《ゆる》し、よそで遊ぶ姿を描いている。旧約聖書やフランス革命のエピソードを出してくるあたり、なかなか狡猾《こうかつ》な逃げ口をつくってきたな、とも思う。けれどこうした夫の人格を設定し掘り起こすことで、妻と子のたくましさや純真、家庭における愛の可能性が焙《あぶ》り出されてくる。

「父」のラスト、母が何気無さそうに子どもの顔をねんねこの袖で覆いかくすシーン、「おさん」の、〈夫はどうしてその女のひとを、もっと公然とたのしく愛して、妻の私までたのしくなるように愛してやることが出来なかったのでしょう〉という語り、ここで犠牲者が反逆者になっているのもおもしろい。鮮やかな逆転を起こすことで救いを与えている。

「饗応《きょうおう》夫人」は、献身的、自己犠牲的に笹島《ささじま》先生なる無遠慮な他人を歓待する主人公・奥さまの姿が、お手伝いのウメちゃんの目線から語られている。すべてを他者へのサービスのために生きる人間のかなしさ、滑稽《こっけい》さ、そして底知れぬ優しさは、読んでいて辛《つら》い。しかしこれもラスト、ウメちゃんが奥さまに倣《なら》って切符を引き裂くシーンで逆転が起きる。ウメちゃんの女性としての諦観《ていかん》が、本当に哀れな存在は果たして誰かを浮き彫りにする。

表題作「グッド・バイ」は、太宰の死後発表された未完の作品だ。主人公の男が、絶世の美女を雇って十人の愛人に別れを告げに歩く展開は漫画のようにコミカルで、直球の笑いが随所に鏤《ちりば》められている。けれど、さあここからだ！　というところで話はぷつりと途切れている。当時の担当編集者が語るには、「グッド・バイ」は全八十回の約束だったこと、自己の一生を決する仕事と考えて力を入れ、しかも自信を持っていたらしいこと、そして最後には、あわれグッド・バイしようなどとは露《つゆ》思わなかった自分の女房に、逆にグッド・バイされてしまう筋だったという。続きを読めないのが悔しくてならない。

ところで太宰はなぜ、小説を書くことに生涯を捧《ささ》げたのか。その問いの答えは、彼の甥《おい》である津島慶三《けいぞう》さんがくれた。彼が語ってくれたエピソードを最後に伝えたい。

「『例えば嵐の夜、難破した船から放り出されて、ようやく灯台に流れ着いた船乗りがいたとする。彼は助けを求めようと、なかをのぞき込む。だけど窓一枚隔てた向こう側には、灯台守《もり》の家族が楽しげに夕食のテーブルを囲んでいる光景があった。その幸せを壊してしまっていいのかと、声をかけることをためらったその瞬間、船乗りは、波にのまれてしまった――。そこにある幸せを壊してはならないと思って死を選ぶ人間の生きざま。それこそが〝美談〟なんだ。だけどその美しさは、誰かが書かなければ誰にも知られないまま、無かったことになってしまうだろう？　僕はそういう〝美談〟を掘り起こして、小説にしたいと思う。しなければならないと思っているんだ。それこそが自分の務めなんだよ』
それが、太宰自身の、小説や人との向き合い方そのものでした」

太宰は私に世界を見つめるまなざしをくれた。その目で世界を見つめると、人間の喜びや苦しみ、哀しみ、怒り、心の襞《ひだ》に潜んでいたあらゆる感情、不条理な世間、煩悶《はんもん》しながら生き続ける人間の姿がくっきりと浮かぶ。気づきたくなかったことに気づいてしまうこともある。けれどなかったことにはできない。本を開けばまたそこに、私を動かす言葉があることを、知ってしまっているのだから。

あの日、太宰治という名前は、確かにこの目に光って見えた。

（きむら・あやこ／作家、「太宰治検定」実行委員）

＊本作品集は、『太宰治全集』（筑摩書房）第十巻（一九九九年）を底本としました。文庫版の読みやすさを考慮し幅広い読者を対象として、新漢字・新かな遣いとし、難しい副詞、接続詞等はひらがなに、一般的な送りがなにあらため、他版も参照しつつルビを付しました。読者にとって難解と思われる語句には巻末に編集部による語註をつけました。また、作品中には今日の人権意識からみて不適切と思われる表現が含まれていますが、作品が書かれた時代背景、および著者（故人）が差別助長の意味で使用していないこと、また、文学上の業績をそのまま伝えることが重要との観点から、全て底本の表記のままとしました。

Haruki Bunko
ハルキ文庫

た 21-3

グッド・バイ

著者 太宰《だざい》 治《おさむ》

2014年10月18日第一刷発行
2023年 3 月18日第二刷発行

発行者 角川春樹

発行所 株式会社角川春樹事務所
〒102-0074 東京都千代田区九段南2-1-30 イタリア文化会館

電話 03(3263)5247(編集)
03(3263)5881(営業)

印刷・製本 中央精版印刷株式会社

フォーマット・デザイン 芦澤泰偉
表紙イラストレーション 門坂 流

ISBN978-4-7584-3853-7 C0193 ©2014 Printed in Japan
http://www.kadokawaharuki.co.jp/[営業]
fanmail@kadokawaharuki.co.jp[編集] ご意見・ご感想をお寄せください。